剪髮

胡燕青

剪髮

作者／胡燕青

總編輯／馬鎮梅

責任編輯／王心靈

美術設計／何雋

出版發行／突破出版社

香港沙田亞公角山路33號突破青年村

電話：2632 0000　傳真：2632 0388

電郵：breakthrough@breakthrough.org.hk

網址：http://www.breakthrough.org.hk

http://www.btproduct.com

承印／陽光（彩美）印刷有限公司

2011年7月初版1刷

2023年11月初版7刷

At the Hairdresser's

by Wu Yin Ching

First Printing, First Edition, July 2011

Seventh Printing, First Edition, November 2023

Printed in Hong Kong

ISBN 978-988-8073-40-5

誠邀閣下就突破出版社的書籍發表意見

歡迎加入突破書籍 Facebook page — http://www.facebook.com/btbooks.page

本書採用環保油墨印刷

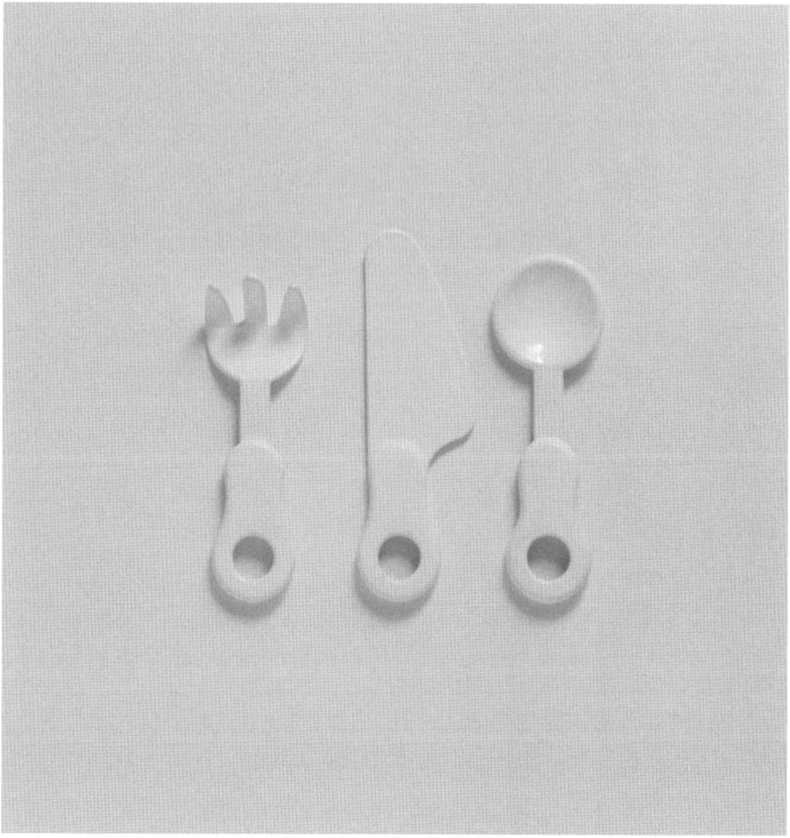

或坐在巨人的肩膀上，或呷一口書香，讓我們的生活漸次提升，讓眼界更遼闊。

目錄

序｜溫柔的注視

王心靈

關於我們

收到為《剪髮》寫序的邀請，我心裏難免緊張。大概預知這份隱隱的不安，胡老師在邀請電郵中說明：「我喜歡找小朋友寫序。」為此，我喜孜孜地答應——雖然年紀已經不小了。

中四的時候，我已經是胡燕青的讀者——那書是《我在乎天長地久》，當時誤以為是校園愛情，後來當然知道不是；上了大學，胡燕青變成站在白板前說新詩的老師，我則在下面抄寫她精心製作的筆記；課餘時，我們在職員飯堂開詩會，咬着凍檸茶吸管的我，因她能解讀詩裏隱藏的心事而驚訝不已；還有好幾次灰心之時，我跑到她的辦公室，她總是那麼認真地傾聽，用堅定的話壯大我的信心。因此，她一直是「胡老師」，我畢業多年仍改不掉這稱呼。

胡燕青老師在大學教學多年，曾兩度獲頒發「校長杯傑出表現獎」（教學）。她熱愛寫作，也疼愛學生，曾寫下不少關於學生的故事（如《十九歲的天空》及好些詩），但以大學生為主題的作品集，短篇小説集《剪髮》是第一本了。捧讀稿件時，正值出版社籌備香港書展的忙碌高峰期，這陣子，我感到時間飛逝而焦慮無盡，《剪髮》帶着夏日清爽的青春氣息，進入我的視野；奉命閱讀，頓感真箇幸福。我非常好奇胡老師怎樣以小説呈現大學生的故事，而這二十四篇作品豐富多樣的面貌，加上小説的距離感，使我想起那些焦躁不安，卻叫人懷念的更年輕的日子……

驕傲與謙卑

本書開篇作品叫〈剪髮〉，我很喜歡這個故事 —— 已是大學生的珍珍在理髮店重遇中學同學姜敏，這時姜敏的工作是為客人洗頭。

> *今天的姜敏比以前更漂亮了，白皙的臉上多了些隱隱約約的紫藍色眼影，微紅的兩頰閃着疏疏落落的銀粉，瘦削的下巴更尖小了，兩旁卻還掛着一點點少女的腮幫子；剛長成的面龐依舊帶着幾分惹人憐愛的童稚，髮間的金與黃、紅與黑，卻已深深探進了成人世界的紛亂。位處邊緣的姜敏，似乎給懸掛在某個疆界上，蒲公英那樣等待降落。*

短暫的瞬間，照見了兩個女孩生命路途的迥異，令珍珍想起一些很重要的人與事 —— 當年這位叛逆的同學原本是願意改過的，但老師在關鍵之時冤枉了她，而珍珍沒有替她説話。也許我們害怕、逃避，尋求自我的解決方式……呈現了青澀時期的情感處境。珍珍當年是迴避的，正如今天她亦想向髮型師表示，「愈碎愈好，最好碎得叫人認不出來！」然而，心善的她最終說：「像以往那樣就好。」她說的不只是髮型，也是昔日的情誼，一個驕傲的高才生，終於明白自己錯過了什麼。

通過觀察、布局，透過文字的淨化，胡老師讓我們看見關懷的視點。〈胡琴你在說什麼〉呈現一個年輕人每次遇見乞丐的感受；〈下山路上〉透過上海遊客對香港學生的提問，確立自身的價值；〈通衢大道〉描寫地產霸權怎樣消磨社區的情味；〈醫師〉裏，中醫學院的學生在「沙士」期間親歷醫治，明白「醫者的心」的可貴。

《剪髮》以大學生入題，當然少不了愛情，但怎麼書中特別多分手故事？我想是因為年輕人既在成長，也在尋找「對」的人，但怎樣知道自己喜歡什麼？其實大家都在尋索，有人以為在愛情的關係裏付出了很多，其實一切都不過是為了自己。正如〈餐肉蛋麵〉中的明美，她知道自己要過怎樣的日子，就決心甩掉那個忙着「上莊」，置身邊人於不顧的男友。這篇短篇以「白羽海鷗」為喻，兩人走在一起時：「天空和海面沒有預期中的透明藍，也沒有海鷗的白，因為根本就沒有海鷗。」明美斷然分手後，才看見「天色轉藍，白羽海鷗不知道什麼時候開始陸續飛來了」。與個性不合的男友分手，終結了磨人的糾纏，明美才會看見不一樣的風景，期待真正的愛情，這意境多麼的美。

胡老師筆下的大學生，有的光明正直、有的驕傲自恃、有的迷惘無助，但較多的還是內心善良。二十四篇小說內，我喜歡許多角色：〈最後一天〉的雁鳴在承受屈辱時保持平靜，且事後還主動發短訊關心那些傷害她的人；〈假如〉故事內兩個珍重友誼的宿舍同房；〈陪客〉中的曉婷；〈午餐〉裏的展翎；〈懷抱〉的主角琦茗；〈一程〉裏的藹心——每一個都自愛自重。

疑心是一種病。〈匿名〉記述的是辦公室政治，寫一幫同事如何在工作間陷入猜疑與不信；〈心肝〉也說及親人之間的不信如何致使三代人承受不必要的痛苦。書中探討了許多關於「信任」的主題，值得我們反省。疑心足以拆毀一個家庭、一個工作的團隊、一個年輕的生命；而信任可以幫助家庭復和、鞏固友誼，使一個年輕人的成長之路走得更穩妥。

理解與扶持

大學生是公開考試制度下，身經百戰、過關斬將的勇士，他們帶着許多人的期望與壓力成長。胡老師很懂得發現內裏才華洋溢的學生，但她的目光不只被他們吸引，同時也會留心那些「很正常，很安靜」的學生。〈亮麗到天明〉中那位完美主義者阿浩，「不知道何謂完成」、「覺得自己愈用心做作業，就愈失敗」，感到「焦慮開始了可怕的惡性循環」，「失敗感擴散」。但這些蛛絲馬迹，教授看不到，因為遲交功課的學生大有人在；爸爸關心的是下滑的成績，對於「享受」被害感的兒子只覺得煩。當他終於情緒失控了，清潔女工卻只會抱怨弄髒的地方難清理；眾多宿生寧可相信阿浩「鬼上身」，也不肯正視他的困難，不接受他精神出問題。文學能喚醒讀者的感受，阿浩的悲劇，喚醒的是我們的憐憫和同情。

作為小說作者的胡老師，善於經營場景，描寫人物，更通過書寫這些年輕生命遇上的困難與矛盾，與我們分享重要的信息：那是從上帝而來的愛與關懷；而作為大學老師的她，除了願意傾聽學生的心事，更會提供幫助。

我想起畢業數年後有好一段日子，因為理想與現實之間有太多的矛盾，我家持續出現季節性風暴。我找胡老師聊天，心裏希望她堅定我的想法，但她提醒我要顧及家裏的狀況。在那段困頓非常的日子，她忽然對我說抱歉。我一直感到自己做得不夠好，老師抱歉什麼呢？她抱歉鼓勵我們創作，那時看見我和那些堅持下來的同輩，日子過得不好。我更愧疚了。

沒幾天後，胡老師把我叫回大學，她把家裏的二手手提電腦給了我。那台機有點老舊，她用一個很好看的皮袋盛載，並說：「這台機的 Word 功能完好，可以解決你的一部分困難。」我從沒想到一部手提電腦能緩和蝸居生活中的衝突，胡老師的細心叫我感動，後來，我用它寫成我的第一本書。

胡老師的詩和散文，以及近年開始創作的小說，同樣深得讀者喜愛；但她還有一部分精彩的創作，散落在我們這些「小朋友」生命中：她曾經一點一滴地，寫下愛、信任和扶持。

謝謝她，一直在建立我們——除了以詩意的文字，還有最溫柔的注視。

2011年6月21日
亞公角山上

剪髮

推開理髮店的門，冷氣撲面而來，珍珍打了一個哆嗦。一時間，整個店子的員工都向這邊注目。「剪頭髮？」年輕女孩第一個站起來，順手擰熄指頭間那半枝煙。珍珍說是。對方抬起頭來，兩人的目光迅速接鋒。

「是姜敏！」珍珍幾乎脫口，幸而她那緊緊合攏的嘴巴仍鎮守得住。她呆呆地站在那裏，不知如何是好。再看時，對方已把頭垂得低低的了。「這邊，請。」沙啞低沉的聲音讓她更肯定這位眼前人正是自己的中學同學。可是，珍珍無法克服那僅僅一公尺的距離、開口相認。

姜敏從後為她披上綢布，又加上膠質的披肩。這樣親密的接觸，在學校裏從未發生過。珍珍終於仰臥在洗頭椅上了，閉上眼睛，在香煙的餘臭中聽熱水從蓮蓬頭噴出。水有一點點燙。操作的手馬上警覺了，後面的人用很小很小的聲音說了句對不起。

姜敏是從來不說對不起的。那一次，班長弄丟了她的歷史作業，老師一口咬定是她沒交。她氣得吼叫起來：「老師你怎麼就會冤枉人？鄧珍珍不是也丟了作業嗎？你為什麼不說她沒交？」但當時的珍珍想，這實在很難怪老師呀，因為你的紀錄太差了，我是優等生，你呢？經常不交作業。那邊廂，姜敏哭了，她雙手握成拳頭，一臉通紅，五官扭曲、無法控制地抽動着，尖小的下巴掛着亮晶晶的淚水。此刻，老師平靜地說：「你發脾氣也沒用。即使這次是你對，你以往欠交的驚人次數，已經讓你失去誠信。你應該為自己的態度反省、道歉。」

「道歉？哼，你今天才認識我嗎？」姜敏說完就衝出教員室，離開了學校，從此再沒有回來。珍珍忽然記起，此事發生之前的那個星期一，姜敏對珍珍說過打算懸崖勒馬、不再懶散，決心在會考前好好讀書，因此很早就交了作業，希望給老師帶來驚喜。

數年就此過去。考進了大學，珍珍的日子過得十分飽滿，許多記憶都給擠到感情的堆填區去了。今天再見姜敏，像撿回了一點點不慎扔掉了的舊東西。丟棄的時候不覺得怎麼樣，但一旦重新拿在手裏，它卻開始牽動龐大複雜的過去，心頭隱隱作痛。不錯，今天的姜敏比以前更漂亮了，白皙的臉上多了些隱隱約約的紫藍色眼影，微紅的兩頰閃着疏疏落落的銀粉，瘦削的下巴更尖小了，兩旁卻還掛着一點點少女的腮幫子；剛長成的面龐依舊帶着幾分惹人憐愛的童稚，髮間的金與黃、紅與黑，卻已深深探進了成人世界的紛亂。位處邊緣的姜敏，似乎給懸掛在某個疆界上，蒲公英那樣等待降落。

珍珍順服地把自己安放到固定的椅子裏。眼前的大鏡子裏，負責洗頭的姜敏慢慢轉身離開、推門出外去了。珍珍背後已經換上了一個年輕英俊的髮型師。他體貼地遞來一盒紙手巾，示意她抹去臉上那一點點滑行的水珠。「怎麼個剪法？」珍珍倒抽一口冷氣，本想高聲說：「愈碎愈好，最好碎得叫人認不出來！」但她卻聽見自己的聲音在微弱抖動：「像以往那樣就好。」說着，又急忙用手再拉出另一張紙手巾。

最美的**天空**

是聯招放榜的清晨。電腦畫面固定了許久，熒幕保護裝置開始自行啓動了，苑盈這才驚覺自己坐在那裏已經超過了十五分鐘。胸口裏有一種東西，像一個黑洞那樣，把人間所有的痛苦往身體內拉扯。

考進大學了，但怎麼會是這樣的呢？要給我一個學位的，並不是夢想了三年、風景優美絕倫的新界學府，而是那坐落在鬧市中央的小型大學……一年前，四梅表姐就是在早上這個時間打電話來的。她開心得在電話裏又哭又笑，好像奧運會上拿了冠軍的運動員似的。不錯，她考進的，同樣是這一所市區大學。當時自己還説了好多句「恭喜」，甚至表示羨慕……

此刻，外婆在旁邊説：「那不是很好嗎？可以跟表姐一同上學啦。」內心深處，苑盈覺得自己向來比四梅表姐棒得多。她放不下這個念頭：我讀的是老牌名校，四梅表姐不過是典型屋邨津校的孩子；自己的語文成績向來很好，拿過很多作文獎項，上天為何竟不容許我走進那綠樹成蔭的校園？

午飯時，四梅表姐來了。念了一年大學，她整個人自信得多了，不再是那種只會掛着一個抱歉傻笑的土女孩啦。「你不服氣？」表姐問。真是一語中的。此刻，兩人多年的親密感情多少受到了考驗。她沒回答。表姐從口袋裏掏出一張照片。嗯，背景是巴黎的塞納河。那是她和大學同學到歐洲旅行時在船上照的。

「巴黎很美，每個角落都極美。可是，我一離開，那些人間仙境就不再屬於我了……我最愛的地方，還不是我每天出入、作息的公共屋邨嗎？」表姐說：「比起巴黎那些不屬於自己的美景，更重要的是不離不棄的親人和好朋友，因着爸爸媽媽的辛勞，我們天天有飯吃，可以開開心心過平常日子，這已經夠了。我想說，無論哪一所大學，最重要的不外有親切盡責的老師、真心的同學和藏書夠好的圖書館 —— 那些真正和你接觸的人和事，才是你能夠長久擁有的東西。」表姐定一定神，輕輕舒出一口氣，「我可以告訴你，我們的大學有你所需要的一切。—— 但是，你必須先願意去擁有。」

她垂下頭，在四梅表姐的懷裏哭出聲來，淚水慢慢滑下臉頰。好久好久，她才在表姐的肩上點了點頭。幾乎就在同一刻，同學的電話到了：「喂喂，我們同校，真開心啊！一起去註冊好不好？」聽起來，對方相當高興呢。

「來，我帶路！」四梅表姐送上紙手巾，然後拉住了她的手出門去了，由得電腦上的熒幕保護裝置繼續自動運作。那是一張接一張的照片，全都是藍天白雲，她夢想中那些最廣闊的、最美的天空。

亮麗到天明

Professor Leung到了，站在講台上，正在整理他的白板筆和教材。幾個早到的同學一面把椅子圍成圈兒，一面點數着人數。阿浩進來，把書包放到最遠的一張椅子上，然後像一片葉子那樣飄過來，無聲無息地落到教授面前。

「老師，我……」

教授抬起頭來，一點惱怒都沒有，只無奈地一笑，「又來了——你的完美主義，差一點就要變成強迫症了，小心啊。每一次都給扣分，每一次都遲交，每一次都認錯，每一次都不改。好啦，這次的小說作業呢？」

小說作業自然未完成。阿浩從小到大都不知道何謂完成。未完成就交不出手。交不出手就沒有分。沒有分名次就排到後面去。整個中學以來都是這樣的。但排到後面去不等於考不上大學。考試的時候，阿浩用的是優質改錯帶。改錯帶上寫字的是優質 0.5 幼芯原子筆。他學過一會兒書法，知道中文字該怎樣布局。題目答完答不完他都會畫上一個很圓的句號。他的試卷總是全班最悅目的，因為沒有用筆胡亂塗改的焦急痕迹。各科老師都喜歡他的卷子。他拿到的高分雖然因平日遲交作業被扣去不少，但餘下來的還不是低分。因此，他考上大學的成績還可以。收到錄取信的那天，他對自己說，以後一定會準時交給老師最好最好的作業，一定會懸樑刺股、努力讀書，一定會改過遲交作業的陋習，並以一級榮譽為目標。

阿浩對自己的外表不十分執著。他要求的只是整潔。幾件白色的 T-shirt，短頭髮，無框眼鏡和一雙簡單的球鞋就夠他過日子。依照中學老師的教導，他買了一個比較大的記事本子，把一切死線、事務都記錄下來，免得自己又犯老毛病，欠交這個那個。

但阿浩欠的東西愈來愈多了，他也不知道原因。教授講師都沒有怎麼大力處罰他，因為大學生中遲交、欠交作業的大有人在，他們早就習慣了。可是，阿浩心裏不舒服。他覺得自己愈用心做的作業，就愈失敗。每一次，他都立志更努力來阻止這種失敗的擴散。

也許上天真的在幫他。這天他低着頭走路，和一個人撞個滿懷，東西都掉到地上，但對方不是漂亮的女同學，而且沒扔下一聲 sorry 就消失得無影無蹤了。正要去撿，他發現記事本攤開了，剛好就在這個星期的頁面，上面用不同顏色的筆寫着幾件事，都是他忘記了翻看的。是的，可能上天真的只有這樣才能提醒他 —— 因為他只記得寫下，卻總不願意打開記事本來看，彷彿寫下就是完成了 —— 此刻他才驚覺，自己要去和中學同學阿廉和阿欣吃飯。

到達餐廳已經遲到二十分鐘，他們沒理他，已逕自叫了吃的。阿浩才坐下，阿廉就舉起拉住阿欣的手，宣告說：我們拍拖了。看見他們高興甜蜜的樣子，阿浩報以祝福的微笑。他胡亂吃了個普通的午餐。餐廳人聲鼎沸，但他覺得很寂寞。確切一點說，他責怪自己浪費了一個半小時，人生又多了一點遺憾。為此，他暗暗收回剛剛送出去的祝福。

就這樣，阿浩的焦慮開始了可怕的惡性循環。小說創作的作業一直在班上的中游浮沉，他幾乎要窒息了。最後，他決定以健康理由退修 Professor Leung 這個科目。Professor Leung 說：「退修期早就過去了，你也做了兩份功課啦，何必呢？」阿浩求他：「請幫幫忙。」Professor Leung 就簽了字，讓他走。

在步行回宿舍的路上，阿浩覺得喉嚨鎖緊了。強烈的失敗感像一隻酣睡中的貓，強行佔滿了他的胸懷，很不好受。忽然有人叫住他。又是中學的舊同學，低兩屆的女生。「咦，你怎麼會在這裏？你不是還有一年才中學畢業嗎？」對方笑起來，「拔尖。七個A。」兩人就去了飯堂喝凍檸茶。阿浩又自責浪用了兩小時，最慘的是，他痛苦地發現自己喜歡上對方了。天真的師妹當然不知道，只是嘻嘻哈哈地說着她有多享受大學的生活，並且與他交換了手提電話的號碼。

「失敗」還未過去，阿浩就失戀了。戀愛其實未曾開始，但無法高攀的苦戀當然也是失戀的一種。阿浩渾渾噩噩地躺在宿舍的牀上，迷糊地向上天或自己問了好些哲學家才會鑽研的問題：讀書有什麼意思？人生有什麼意義？如果不能追求，為何讓他重遇這個女孩？玩我咩，入到大學又唔好玩……

黃昏了，陽光變成金色，打在牆上像在放勵志電影。阿浩坐起來，雖然不開心，人竟然精神了。他開了電腦，看見幾份做了一半的作業。他打了幾個電話，問同學什麼時候要交。同學說：你不是明明抄下來了嗎？我看着你寫的。我記不起時間，早交了。阿浩就去找他的記事本。死線原來是昨天和明天。他定住了，用滑鼠的游標到處點擊着，最後打開「遊戲」那個folder，玩了幾局，讓自己的內疚累積到某種程度，然後，很快地，他在兩個作業上都胡亂做了個總結。趁着勇氣還在，就電傳到教授們的郵箱裏，然後快手關上了電腦，怕收到任何信息。

他如常泡了一個杯麪做晚餐，撿起一本讀過幾十次的漫畫來看。在杯麪的味道裏，他吃到了一種憤怒的辣，漫畫的暴力配合着他的味覺，一時間他好像死了，用另一個我生氣地活着，這竟然也是不錯的享受。

讀着讀着就睡了。夢中盡是一段一段愈走愈暗的大路，從城市通向荒野，從燈火通向漆黑，只剩下一種頑強的杯麪香味籠罩着一切，怎樣都走不出去。在師妹打電話來找他吃早餐之前，他依然不知道自己的人生到底有什麼意義。

Professor Leung 發還作業的時候，他已經沒來上課，因此過了一星期，才由同學口中得知老師向着全班盛讚他退修前交上的最後一個作品。另一科的 A- 功課更離奇，那正是他上星期胡亂了結的其中一「紙」，老師的評語是「簡潔」。師妹成了他的女朋友，但她的主動讓他失去了大部分的愛情感，雖然為了向自己交代，他依然接受了她。另一個循環正在形成。

三天之後，他開始批評她的打扮，還跟她說同學的作業都寫得很累贅。如今填滿他胸懷的是一隻剛剛睡醒的老虎，樣子像貓，但性情和體積都可怕得多。

當然，老虎畢竟還是貓科動物。在阿浩搞清楚師妹跟他說「和你在一起很辛苦」是什麼意思之前，就憤然「退修」了她。貓又回來了。阿浩使自己失戀，然後享受着這種失戀所帶來的、理直氣壯的被害感。他的成績掉落到 2，連爸爸都看不過眼，忍不住低聲下氣求問改嫁了的阿浩的媽媽如何是好。

校方勸阿浩接受輔導，或看精神科醫生。爸爸都反對了，認為那是對他本人的侮辱。他開始咒詛那個從未在他眼前出現的小師妹，又認定阿浩不夠「薑」，自己就是好榜樣，女人要走就讓她走吧，沒什麼。父子倆在校園附近走了幾圈，都沒太多的話。最後，爸爸說：「呢 D 嘢咁煩，你自己搞掂佢。」阿浩「嗯」地應了一聲，看着爸爸踽踽走向漸入暮色的地車站。

阿浩向着只能暫住一年的宿舍走。路上一堆矮矮的樓房外面，種着許多黃槐，初夏一到，都自覺地開花了。季節發出「開」的命令，花可以等一下才開嗎？阿浩抬起頭來，宿舍高樓上燈火通明，所有的光明好像很歡樂地聚攏在一起，而自己應該屬於其中，應該歡樂地開花。他有責任歡樂，但歡樂自然也會演變成壓力。

他幾乎要進去宿舍的時候，忽然看見一台飲品機，那一刻，他只覺得自己十分渴望得到一罐冰凍的可樂。拍了八達通，可樂馬上到手。冰凍的罐子把手的感覺喚醒了，很真實。

他就是在那一刻失去理性的。他把那罐可樂踢來踢去，哈哈大笑，然後拉開蓋了，用力踹它，坐到它上面，大叫着：「凍 D

呀，凍D！打死你，叫你凍D呀！」清潔女工高聲慘叫，因為甜的東西最難清理。

擾攘半天，舍監最後把他送進了醫院。同學們都堅持：他一直很正常，很安靜，他一定不是有精神病的。當夜，阿浩鬼上身的傳説就在宿舍迅速流轉。嚇壞了的女同學（和不少男同學）都徹夜亮着燈來睡，因此從外面看，大學宿舍一直亮麗到天明。

伊蓮的**背影**

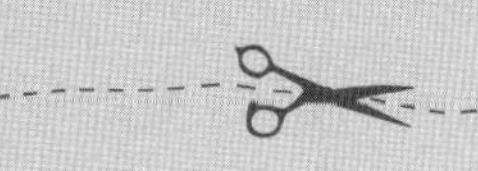

蜜雪兒笑了，小巧的嘴巴線條準確地張開，露出兩隻略微大一點的門牙，和白白的稍為浮出的犬齒。她把撒嬌、甜膩但完全沒有瑕疵的聲音灌進奶茶杯子裏，讓它發出一種迷惑的、含糊的迴響：「我才不相信。除了我媽，從來沒有人説我長得好看。」她露出黑白分明、眼珠子過大的眼睛，讓它們擱在杯子的上沿，眼皮輕輕一垂又往上抬，焦點剛好落在卡爾聚攏在一起的眉頭上。

她一點沒忘記是自己暗示他讚自己漂亮的。當卡爾提到她的同房伊蓮——他的女朋友的時候，她看着不同調子的、厚厚的紅線格子桌布，卑微地垂下頭，溫軟地歎了口氣：「那我想問，你們男孩子平時怎樣看我們這些面貌平凡的女孩？」他應答：「你説到哪裏去了？你也長得很好看啊。」

蜜雪兒離開餐廳的時候，遠遠看見伊蓮正在過馬路。她明顯正趕來赴約，很匆忙，一頭大汗，像個苦力扛着一包大米那樣背着大書包小跑。蜜雪兒對伊蓮的輕蔑更甚了。伊蓮卻沒看見她。就這樣，卡爾早到，伊蓮遲到，蜜雪兒剛巧坐在那家餐廳裏，讓那一場奇怪而短暫的角力發生了。

在宿舍內，伊蓮和卡爾早就是公開的一對，而且公開得太久了，以致蜜雪兒肯定他們已經開始彼此厭倦；若非如此，兩人大概都有點變態。如果世界上沒有伊蓮，蜜雪兒對卡爾一點好感都沒有。一年前，當頭髮短得像男孩、皮膚黑得像漁民，說話聲音小得像蚊子（就是要在十室九空的廁所裏才聽得清楚的那一種小法），而且戴眼鏡的伊蓮去問卡爾借了那本書，他就不再是原來的卡爾了。他跟着她們去吃糖水。他跟她們去唱 K，他忽然有了很多伊蓮喜歡的那個作家的小說。然後，他成了伊蓮的男朋友。但卡爾的選擇，蜜雪兒沒法理解。

卡爾個子不高，和伊蓮一樣，因此，蜜雪兒肯定，伊蓮才不敢穿高跟鞋。在班上，伊蓮的外號叫「貝多芬」，因為她身材好，背影讓很多人神往。「貝多芬」就是「背面多分」的意思。蜜雪兒第一次聽見班上的男孩子這樣說伊蓮，很不滿地叫起來：「哎喲，你們是不是太刻薄了呢？你們在說我同房的壞話呀 —— 其實，伊蓮的樣子也很有性格嘛。」

大家忙道，自己不過一時貪玩，連連向蜜雪兒說對不起，懇求她不要把這話告訴伊蓮。蜜雪兒很天真地板起了面孔。幾秒鐘後，她毫無預告地咳的一聲，唧唧笑了，好像要證明她已經「忍無可忍」地忍俊不禁。男生們「啊」地大叫起來，紛紛指着她，說她出賣伊蓮。那天，蜜雪兒很愉快，但那種愉快好像瓦杯子藏着肉眼看不見的裂縫，聲音不清脆。

那是幾個月前的事了，蜜雪兒仍記得很清楚。伊蓮「貝多芬」這個諢名開罪了她。說準確一點，是「多分」這兩字開罪了她。

此刻已經是晚上十一點了。蜜雪兒回到宿舍房間，看見伊蓮正咬住一個麵包在看書，就打了個招呼。伊蓮回頭一笑：「回來啦？吃飯沒？」說完，就伸了個懶腰，上洗手間去了。

蜜雪兒把她的書翻了一下。作者不認識，字很多，內文前的扉頁寫着卡爾的中文名字。她很輕很輕地把那一頁撕了下來，藏在自己的筆記夾裏，又重新把書翻到伊蓮用書籤別着的那一頁。伊蓮回來了，繼續看書，沒發現什麼。

蜜雪兒給她遞上一包泡菜味的紫菜。伊蓮拿一片吃了。一點點碎屑落在第一百七十五頁上。蜜雪兒倚着伊蓮的書桌，看得很清楚。然後，她們有一搭沒一搭地聊起來。蜜雪兒說這個紫菜很辣。伊蓮點頭同意。蜜雪兒說她不愛看長篇小說，那太悶人，她愛看散文和愛情故事。伊蓮建議她試一下短篇小說。蜜雪兒說伊蓮已經在愛情裏迷失了。伊蓮否認。蜜雪兒說卡爾很輕佻，今天到處説別的女孩漂亮。伊蓮微微一怔，心想，這太不像卡爾了，但他畢竟是男孩子，也許偶然會這樣。蜜雪兒還帶着一點委屈，眼睛看到地上去。她細細地拉起伊蓮的手，對她說，她該小心一點。「卡爾對我示好了，伊蓮，」蜜雪兒說：「我很尷尬。」

伊蓮把書還給卡爾的時候，兩人都沒發現書的扉頁不見了。然後，在圖書館的一張桌子上，卡爾看見一個 clear holder 套着那個扉頁，上面寫着一句令他十分震撼的話：「伊蓮擁有他，我只擁有他的名字。」在那撕下來的書頁上，他名字的旁邊畫了一個日本漫畫式的大眼睛少女，她漣漣潸潸地、憂鬱地流着淚。

兩個星期之後，卡爾和蜜雪兒在一起的事曝光了。大家都很生氣。可是卡爾對要好的男同學說，沒辦法，兩個女孩對我付出的相差太遠了。蜜雪兒原來那麼珍惜我，而伊蓮卻把零食都送到我的書頁上去，我白愛她了。無聲無息地，伊蓮那個學期的成績只有 2.6，丟了本該到手的一級榮譽，她的背影更瘦了。

卡爾自然是要後悔的。但他明白一切的時候，伊蓮已經到挪威交流去了。

他收到她的風景明信片時忍不住哭起來。她在北歐快樂地流浪着。他發現自己連被原諒的資格都沒有。因為收到明信片的竟然有十幾個人，連正在與阿森打得火熱的蜜雪兒都包括在內。

假如

■

宿舍裏，阿莊的 iPhone 不見了。「我們到隔壁房間的時候，我還看見它擱在書桌上。」莊意喜説。「對呀！」陳仲雯用證人的口氣道：「那時我剛好打過電話給阿莊，問她在哪裏。她說就在宿舍裏。——哎，一定是那個人拿走的。」

四梅和珍珍看了對方一眼。珍珍問道：「你是指阿莊的室友 Bonnie？她們不是很要好的朋友嗎？」

仲雯很輕鬆地聳聳肩，答道：「我沒説什麼。」

四梅溫柔地探問：「其他地方都找過了？沒有別的可能嗎？」

阿莊看了她一眼，有點沒好氣似的，「你想得到的，難道我還想不到嗎？都找過了。沒有別的可能了。」

整個晚上就花在這話題上。午夜，珍珍和四梅離開仲雯的房間時，都沒説話。短短的走廊上走了好久，四梅忽然問珍珍：「如果你的電話不見了，你會懷疑我嗎？」珍珍看着自己的室友，想了一會，這樣回答：「我無法想像你會偷人家的東西 —— 可是，到那時候，説不定我的想法就不一樣了。」

「友情真脆弱。一點點疑心就可以打垮。」四梅一面走，一面把長頭髮夾起來。她心裏想：「如果我失竊了，我可一定不會懷疑你啊。」可她沒説出口。

「不錯，一點點疑心就夠了。」珍珍説：「不過，給打垮的，是疑心過重的那一個，而不是友情 —— 我知道，那可能是一種病態。我確是疑心很重的人。到我真的不見了東西，你若沒偷，理直氣壯，請你回過頭來打救我，讓我知道我怪錯人；假如你真的偷了呢，那我們之間本來就沒有什麼友情，關係不打自垮。」

珍珍的邏輯真有點古怪。不過，四梅的想法更使人詫異，「不對，就是偷了，也可能有真的感情，只不過相對來説，一時間的貪念比較重而已。—— 所以，假如我真的偷了，你也可以選擇原諒我。」四梅的語調有點撒嬌，也有一點點僅可聽見的不開心。

「原諒不難，最難搞的是傷心。假如真的發生了，我一定再沒有辦法繼續相信你。沒有信任，怎能交朋友？」珍珍卻還是很認真，「與其讓這種事發生，我寧願預先送你一部電話，因為我覺得朋友是沒有辦法 delete 的。到了沒法繼續交友的時候，那個 file 就成為一根刺，叫你寢食難安。往後還要裝作陌路人，太辛苦了。」

四梅又靜下來。過了一會，珍珍笑着說：「你放心好了，為了你，我會好好保管財物。你對我來說，實在太重要。」四梅這才輕輕推了她一下。

兩人回到房間，熄燈睡覺的時候，四梅忽然說：「告訴你，如果偷電話的是你，我也不會懷疑你，永遠不會，你隨便拿去用好了，但千萬不可以讓我知道啊。」

珍珍調皮地說：「才不要，你那個 —— 款式太舊了吧？」

一陣小小的笑聲，掉落在兩張單人牀之間。

餐肉**蛋麪**

冬天的沙灘人確實少。匆匆走在上午的大太陽下，Felix 仍感到有點熱。天空和海面沒有預期中的透明藍，也沒有海鷗的白，因為根本就沒有海鷗。灘上當然也沒有穿兩件頭泳衣的美女，只有好些曬得很黑的老人緩慢地揮動着肌肉鬆弛的手臂，準備下海游冬泳。他們游泳的樣子很古怪，姿勢明顯欠缺划水效率，動作遲鈍得像慢鏡頭，但他們可以游上一兩句鐘，實在難以置信。

沙灘旁邊有一些人家，和一爿賣奶茶、豆腐腦和餐肉蛋麪什麼的小店。Felix 到處張望，找不到明美，馬上打手提電話。

「喂，你到底在哪裏呀？」劈頭就是質問的語氣。

「就在你後面。」明美的聲音卻頗為輕鬆。Felix 回頭，見她披着薄薄的風衣，長髮沒束起，活像剛從某幢小屋走下來遛狗的街坊，氣色卻特別地好。如果不是那尖尖的下巴在陽光下格外明亮，他不可能第一眼就認出她。

「你在搞什麼啊？」Felix 很生氣，「明明一同住在宿舍裏，幹嗎要我又地鐵又巴士地跑到這兒來見面？自從上了莊，我連睡覺都沒時間，你難道不知道嗎？」

明美走到他身邊，卻保持着一定的距離。

「難道我們該在宿舍裏說分手嗎？我可不想在校園裏和你吵架。」她靜靜地說。

Felix 剎那間呆住了。一陣風吹過，帶着可感的鹹澀，她的頭髮飛了起來。她說：「還沒吃早點吧？餐肉蛋麵加檸檬茶，好不好？」她了解他，他最喜歡吃什麼、喝什麼，她都知道。

Felix 不大會反應，在她轉身走向小店的時候，一把拉住她，「不要，我不要分手！」

她輕輕掙脫了 Felix 的手，逕自走進小店的廚房裏，裏面開始傳出水聲、鍋子的碰擊和碗碟的清響。Felix 頹然在舊得要破的木桌子前坐下，這才開始醒過來 —— 昨晚大概只睡了兩小時。他記起兩人開始談戀愛的時候，她說過她做的餐肉蛋麪比茶餐廳的好吃，想親手為他做一次。可不知怎的，這個機會一直沒出現。如今，不知多少時候過去了，她在他面前輕輕放下了一碗麪，上面的餐肉煎得剛剛起了焦脆的金黃，而那個荷包蛋也才剛剛變熟，像固體也像液體。

「你的家就在這裏嗎？」啪的一聲，Felix 扯開本來連在一起的一雙木筷子，夾起一些麪條。很明顯，麪條和他的手都在顫抖。

「我告訴過你、而且約過你來看好多次。不過你一直在忙。」

Felix 放下筷子，臉扭曲着，眼睛裏的淚水卻不肯流下來。「我不想的。再三個月就換莊了，難道你就不能等我三個月嗎？」

「好好吃吧，不要連麪都浪費掉。」她說着又放下了一杯檸檬茶，為他杵碎了檸檬，加了三小茶匙的白糖。「我最近才發現，忙碌不是處境，是性格。忙碌的人總是一面飛行，一面掠奪身邊的一切，經過什麼，就想帶走什麼。—— 老實說，我實在跟不上你。我是個只喜歡散步的人。」

這時，Felix 的手提電話響起來了。明顯又是「莊」上的公務。他一接線，人馬上恢復理智，那個日理萬機的 Felix 又回來了，他連對方說得不大清楚的地方都能夠再說一遍，而且說得簡明扼要。沙灘靜寂，明美聽到對方在電話裏不停地說是的，是的，就是這樣了。然後 Felix 第一時間敲定了情況該怎樣應付，又具體地說明了幾個要求，才掛了線。

此刻，他抬起頭來看着她，好像忽然明白了一點什麼。Felix把眼睛轉向大海，過了好一會，從背囊裏拿出二十五塊錢放在桌子上。再一次，他驚覺自己在最慌亂的時候，仍沒忘記看看餐牌和餐牌上的價錢。

她目送Felix走上公車，回頭看看只吃了一丁點的那碗餐肉蛋麪，感到有一點可惜，但她還是把碗撿起來，將麪和餐肉和雞蛋完全倒掉，然後坐下來，打開一本小說。

下午，又一班公車向市區開出。這一次，她坐在車上。同路，未必就能同行。天色轉藍，白羽海鷗不知道什麼時候開始陸續飛來了。

胡琴你在**說什麼**

尚仁站在地鐵站的出口，沒法往前走一步，因為那上邊有一個拉胡琴的乞丐。

一個乞丐意味着什麼呢？

對十多年前念幼稚園的尚仁來說，一個乞丐意味着下列的程序：第一，搖一搖媽媽的手，表示自己看見一個乞丐。第二，用代人求情的眼神看看媽媽，表示乞丐需要一點錢來買麵包吃。第三，從媽媽的手接過一個二元硬幣，放進乞丐的缽子裏。媽媽教過他，放硬幣的時候要儘量輕力放，儘量不發出聲音，那是對乞丐的禮貌。可是，尚仁每次都因為害羞，所以動作很快，幾乎是把硬幣拋下去的。因此硬幣和缽子一交接，就「鐺」的一聲大叫起來，讓他感到很尷尬。

念高小了。媽媽開始讓自己乘校車上學下課。每次在街角見到那拉胡琴的老伯伯，他就覺得不好意思。他自己也拉小提琴，每年讓老師抓去參加音樂節學期末演奏什麼的，拉的時候，即使沒有很大的掌聲，也總有叫人舒服的冷氣，還有老師在旁邊打手勢，提示這個那個——而自己竟然一直拉得那麼差，那聲音，像一隻雞受死之前的慘叫。

老伯伯拉得很好，雖然用二胡拉〈半斤八兩〉讓人聽了感到很不舒服，拉〈財神到〉更是淒涼得滑稽。歌詞直接的憤怒或喜慶，和二胡那與生俱來的悲涼不但未能互相抵消，更不知怎的，使人感到一種無所適從的難堪。此時，尚仁也必定會從口袋掏出最後的零用錢，輕輕放到老伯伯那不鏽鋼碟子上，然後好像犯了錯的孩子那樣，跑着小步離開。

上了高中，尚仁一點一滴地明白到：社會上真正的窮人都拿得到綜援。只要省一點用，沒有人真的須要行乞。行乞這一行不用交稅，收入卻極好，只要肯出賣「色相」，放下尊嚴，就可以無本生利。可是，每當他看見那些縮成一團的、卑微的、灰黑色的老公公老奶奶，就想起自己已經過世的祖母。可能這位老人家也是一位祖母，一位外公，但兒孫沒法養他、或不肯養他，就是有綜援金也到不了他的手。報上就有這樣的報道：「不肖子迫病母行乞搵食」。尚仁的手又探進了校服的口袋。這一次，他拿出了一張紙幣。他構思了整個上午的壽司午餐換成了排包和清水。

預科的時候跟父母到英國旅行，在劍橋的大路上，幾個二十歲左右的大學生站在一起拉琴。那是水平很高的演奏。尚仁自己的造詣告訴他，那個拉大提琴的，幾乎可以坐在大會堂舞台的中央了。他們地上的帽子裏有很多錢，而且帽子的旁邊放着一疊的CD，是他們的演奏，而那是要付錢買的。尚仁站着聽了很久，連在附近吃飯的爸媽都開始擔心了。爸爸來找他的時候，發現他正在和那個大提琴手談話。這個經歷，徹底改變了他對街頭音樂家的看法。可惜，不是每一個乞丐都能拿起一個胡琴或提琴。

大學二年級了。春節時，他和朋友在行人隧道看見一個趴在地上的人。這個乞丐雖然年輕，但沒有手、沒有腳 —— 四肢齊齊整整地給截斷了。尚仁心頭一震，馬上伸手掏出錢包。友人按着他的手，「慢着。你知道嗎？那是過境集團的乞丐。這些黑幫專門拐帶幾歲大的小孩子，把他們的手腳截斷，然後操縱他們行乞賺錢。不要給，你這樣會鼓勵了他們、間接害了另外一些孩子。」

對呀，這種事情，母親經常説起。他曾聽説表姨母鄰居就失去了念幼兒園的兒子，至今尚未尋回。媽媽在廣州的一個遠房親戚就有這樣的經歷。國家實行「一孩政策」，獨生子如珠如寶，遠房親戚的小男孩在三歲的時候給拐走了，那位媽媽到處尋找都沒找到，再生了一個。四五年後，一家人旅行深圳，那對父母竟然看到了一個七八歲給截了肢的乞丐，樣貌神態，均與當年失去的孩子一模一樣。孩子也驚訝地看着他們。

但媽媽說，那對父母竟然沒有跟孩子相認，因為怕自己不易得來的幸福又給奪走了，也怕將來要帶着一個殘廢的兒子，負擔太大。尚仁聽後，幾乎氣炸了肺，叫媽媽和他們斷絕來往。媽媽悲涼地笑着說：「唉，此等人間慘事，無日無之。」

此刻，尚仁實在無法不這樣想像：那些被拐帶的孩子裏面，有一個正是自己那可愛的小外甥。一陣不理性的驚恐湧上心頭。他呆住了，就在乞丐面前蹲下來。友人幾乎是揪着他的衣領才把他拉走的……

今天，老爺爺的二胡再度幽幽也響起，尚仁的心靈和腦袋又開始戰鬥了。與此同時，他的右手已經自行作出決定，打開那個不大飽滿的舊錢包。

醫師

偉文是在二零零二年秋天考進中醫學院的。爸爸媽媽常對親戚朋友說他進了醫學院。他澄清多次，「中醫學院」和「醫學院」是兩個不同的單位，他們大學只有中醫學院，沒有醫學院。但是，爸爸媽媽很固執，多次和他爭論：中醫也是醫學，難道不是嗎？偉文也實在拿他們沒辦法。

偉文的外太公、外太伯公都是華南有名的中醫，祖父也是。他小時候生病，媽媽一定先帶他去看中醫。父母深受祖輩影響，儘量避免服用西藥，比較相信跌打、針灸，甚至脊醫，對西藥總有點防範。但是，他們仍無法擺脱那種「我兒子讀醫」的虛榮心。其實，如果偉文的高考成績再厲害一點，他也會被迫先考慮全港首席學府的西醫學院。

無論如何，爸爸媽媽如今也相當滿足，他們已經存了一筆錢，準備在樓下的小商場買一個舖位給偉文開醫館。媽媽還說，我可以幫你「執藥」，我認識很多中藥。又說，偉文爸爸，你馬上去學針灸，將來幫他做治療師。偉文聽了，不知該笑還是該惱。

偉文的樣子，無論怎樣看都不像個中醫。他長着很長很長的天然鬈髮，戴很「潮」的小長方粗框膠眼鏡，彈得一手出色的鋼琴、考了教師級，還是個創作歌手，最愛寫讚美詩。還有，他是大學基督徒團契的副團長，也是詩班幾個領唱的高手之一。好多團友都以為他是音樂系的，遇上音樂上的問題，常常向他請教；但諷刺得很，從來沒有團友讓他把脈，更沒有人知道，他非常敏感的手指和強大的家學背景，讓他成為班上一等一的把脈高手。

二零零三年春天，非典型肺炎——又叫做「沙士」的那個殺手疫症來勢洶洶，猛力擊打人口稠密的香港，天天都有人病倒，一病就有生命危險。威爾斯醫院 8A 病房首先失守，但那兒的醫生還不知道這個疫症的可怕，不久之後，竟輕率把一個帶「菌」者「放回」東九龍的淘大花園，弄得那個住宅區出現讓全城恐慌的大爆發。雖然偉文那時正在讀一年級，也覺得此事實在難以想像——那家大學醫院是不是慌亂得壞了腦袋啦？他看着新聞，幾乎給氣死。

那些日子，電台和電視台除了有關沙士駭人的新聞，幾乎就沒有別的報道。一日，港台上午的時事烽煙節目中，偉文突然聽見了系裏老師李教授的聲音。他老人家竟然打電話給節目主持人，希望自己的醫術在這個非常時期幫得上忙。偉文一時間睡意盡消，趕緊聽聽李教授怎麼說。教授指出，中醫其實有對付沙士的藥方，希望當局接受中西醫結合治療疫症病人的方案，請西醫羣體不要拒絕中醫的幫忙。

但是，可惜得很，兩位節目主持人只當他是平常聽眾，大概認為他在添煩添亂，根本不曉得他乃全國知名的大教授，草草敷衍了幾句就掛了線。偉文心裏非常難受，怎麼可以這樣呢？社會的偏見實在太大。許多年之後，大家回頭看看統計數字，咦，原來比起國內各區，只用西藥治療的香港病人死亡率是最高的呢。當然，這是題外話了。

那天，偉文見父母都不在家，沒聽他們的吩咐在家裏自己做飯，為了方便，竟冒險到樓下的茶餐廳吃了一頓飯。其實他已經帶備酒精紙巾，先清潔碗筷的了，但一時間忘記抹一抹那個盛奶茶的杯子。到了第二天，他就開始發高熱。「媽媽，我可能得了沙士。」媽媽和爸爸給嚇壞了，趕忙連夜把他送到醫院去。媽媽一面哭一面罵他不小心，爸爸一面吸煙一面罵媽媽的聲音好煩。就這樣，他們的獨生兒子住進了傳染病房。

檢驗結果為陽性，很清楚說明他真的染上了沙士，父母擔憂得死去活來，但偉文從未有一刻想過自己會死，他只是從容地為自己和別的病人禱告。大學知道了此事，一直來電安慰，問病況，鼓勵他，但也就此案例通告天下，把他身邊的同伴同學弟兄姐妹嚇得面無人色。不久，中醫學院幾個教授主動與他聯絡。師生幾人，就暗暗構思了一個治療的方案。偉文跟媽媽說：「媽媽別怕，沒事的 —— 只是，我的教授強烈要求您和爸爸合作。」

偉文安慰媽媽的時候，其實一直頭昏腦脹，呼吸不順。但是，他每天都努力掌握自己最有精神的短暫時刻，仔細為自己診斷。教授們與他頻密通電話，雖未能真正「望聞問切」，畢竟病人還能夠自己通過鏡子細察舌頭，用言語傳達，又能回答一切的詢問；而最重要的切脈部分，也實在難不倒他。他左右兩手互相感應，然後詳細報告。幾位教授躲在辦公室裏，為這個學生會診、配藥，然後煎熬成藥湯，讓偉文媽媽傳送。

爸爸媽媽戴着口罩也覺得呼吸困難，但為了兒子，依然日夜奔走，買了好幾個湯壺，把藥湯放進去，一壺一壺地送到醫院去，湯一喝完，湯壺就給拿去銷毀。醫院認定裏面盛着的大概不外是青紅蘿蔔煲瘦肉一類的廣東湯水，一一放行，於是除了利巴韋林，偉文還能每天定期服用教授們精心調配的上等中藥。

一星期後，許多病人情況轉壞，給送入深切治療部插喉，偉文卻奇蹟地康復了。檢驗結果轉為陰性，他不再帶有病毒，沒多久就出院了。父母和老師們歡天喜地，但偉文卻因為看到太多的荒謬和生死，有點落落寡歡，雖然生在盛世，他依然感覺到身為中國人的悲哀。

雖然瘦了一圈，病後的他更用功，埋首於功課。他一直思考，在中醫這個專業裏，自己該怎麼辦。所謂西方科學，一直淩駕於經驗，演繹一直淩駕於歸納，西醫更一直淩駕於中醫——雖然香港基本上還是個中國人的社會。到哪一天，二者才可以取得最精確的平衡？中藥的苦，他這才第一次嚐到了。

如今，他也穿上了白色的袍子，為那些深信五千年醫術並非謊言的病人切脈。但那些來看病的街坊，其實都不大懂得怎樣稱呼他。有時他們叫他「醫師」，有時點下頭就算打過招呼。他知道社會上早有共識：「醫師」大概就是那些沒有醫生資格的行醫者。

但他不再介意，因為連他的幾位老師，那些最有名氣的教授、他的救命恩人，也未曾得到最合理的對待，自己又算什麼呢？他更知道，醫者的心，除了要充滿父母的愛，也必須帶着無盡的謙卑；否則這「父母心」指向的愛與同情，就必演變成「家長霸權」。

他深深抽了一口氣，再次把精神集中到右手三隻手指的尖端，專心聆聽和感受那從病人的手腕細細傳來的心的搏動。

小說家的**下午**

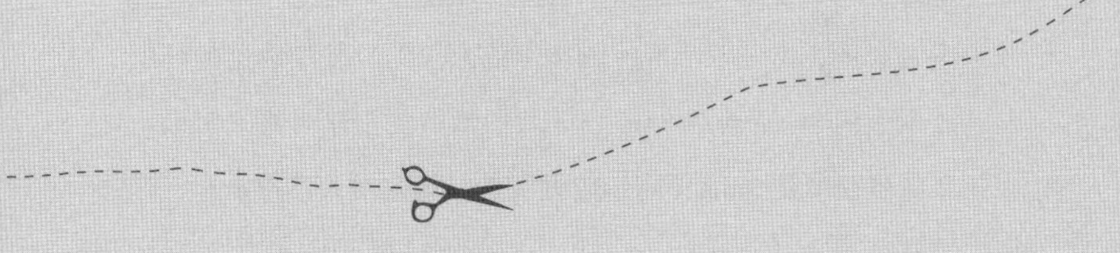

這是星期三下午。書桌上放着一杯剛泡好的茶，茶杯冒着白煙。小說家正在寫一個小說，最後一部分說到一雙鬧翻了的好朋友。故事中的 Steve 誤會 Sam 在老闆面前造謠生事、詆毀自己。小說家當然很清楚 Sam 沒有這樣做。她打算讓兩人冰釋前嫌、繼續友誼。

於是，她設計了一個對話場面，希望 Sam 有機會向 Steve 解釋。可是，不知怎的，這一幕寫了好久都沒寫完。寫不下去了。小說家扔掉許多揉皺了的小紙團（固執的她就是不肯用電腦寫作，這實在不太環保），執筆的手累極，筆管裏的油墨也快要用完。小說家疲倦地趴在桌子上，閉上了眼睛。

「你怎麼可以睡覺啊，你得來評評理，收拾這個爛攤子。」咦，誰在說話呢？「還有誰？當然是我啊！」那個聲音聽起來更懊惱了，「你怎能夠讓那個糊塗蟲冤枉我呢？」小說家揉揉眼睛，原來講話的正是她筆下的人物 Sam ！他一副飽受冤屈、焦急異常的樣子，眼鏡上滿布蒸汽，連領帶結好的結都鬆開來了。

小說家道：「你弄成這樣子，我很抱歉。」Sam 說：「你不用道歉，只要 Steve 不再誤會我就行了。你們這些任性的小說家，也總得顧及我們的感受呀。」小說家說：「好，我現在就去跟他理論。我是作者，一定能夠說服他。」

忽然，大門打開了，走進來的正是 Steve。他一臉通紅，很生氣的模樣，先瞪了 Sam 一眼，然後向着小說家衝過來，一面走一面揮動拳頭，好像要打人的樣子。「你……你這是什麼作家？真是好事多為，是你，把我的好朋友變成這個出賣手足的人！」Steve 似乎控制不住自己的情緒了。

Sam 看見他這樣衝動，馬上走過來擋在中間，說：「Steve，你冷靜一下，聽聽我們的解釋嘛！」Steve 更氣了，喊叫着說：「我能夠冷靜嗎？是誰令我變得這麼衝動的？是你！全因為你！」

Steve 簡直怒不可遏，用手指指小說家，又指指 Sam。小說家很驚奇，退後一步，高聲回應道：「沒有啊！我今天才第一次看見你，我從來沒有對你做過什麼呢！」

聽到小說家的自辯，Steve 氣壞了，指着她的鼻子說：「難道不是你把我塑造成這個樣子的嗎？是你，是你把偏激、易怒、不信任人的性格帽子一一蓋到我頭上來，是你讓 Sam 和我反目成仇的，我現在就跟你算賬！」說完就舉起手，好像要打下來。

小說家聽見這番話，有點如夢初醒的感覺。不錯，他是自己筆下的人物啊，她不讓他動手，他的手就不能動了！她情急智生，用語言控制局面：

「你說得對，我是你的創造者，我不容許你動手打人！你不錯是有點衝動，但你知道打人是不對的。你明白打人的後果可以很嚴重，你不想坐牢，更不想失去你從小就認識的好朋友。而且，你雖然衝動，但為人正直，從不會傷害無辜。於是，你舉起的手又放下來，你更想起小時候和 Sam 兩人在小學的操場上一起向乒乓球桌奔跑的美好往事。你認為 Sam 出賣了你，心裏的感覺是傷心多於憤怒……」

小說家話未說完，已聽見 Steve 嗚嗚在哭。Sam 走過去，站在他面前，嘮嘮叨叨地也說起話來。「Steve，在老闆面前詆毀你的，另有其人，我肯定，我們很快就會查出是誰。」小說家聽見 Sam 的話，馬上跳起來，問道：「什麼？你查得出來？那是誰幹的？告訴我，告訴我！我想了半天沒想到呢！」

兩人轉過頭來看着小說家，Steve 皺起了眉頭，「你應該是最早知道的。如果連你都不知道，那你就沒有資格繼續做我們的主子啦。」

小說家登時呆住，再一次覺醒到自己的能力。她充滿信心地回答：「那好，讓我再想想吧。我想不出來的話，這個小說就作廢好了，我會拿去扔掉。」說完，就作勢抓起眼前那一張原稿紙，好像要把它撕碎似的。

「等一下！」兩位年輕男士一同大叫起來。Steve 說：「我們倆不是和好了嗎？而且都已經預備好跟你的讀者見面了。只差一點點你就可以把故事寫完，千萬不要功虧一簣啊！」

看着兩人焦急的樣子，小說家不禁莞爾。不錯，如果她放棄了，他們也就不能存在啦。這一次，她完完全全地覺醒了。她是他們的主子，但他們也有自己的生命呀。

小說家充滿自信，又提起筆來，舒了口氣，很輕鬆地靠到椅背上。對啊，創作是急不來的。她拿起杯子，喝下一口茶。茶不再燙口了，溫度剛好。窗外鳥聲如注，夕陽已緩緩西下，大地上，樹影都拉得好長好長。

偌大的房子裏，只有小說家一個人在伸懶腰。但她已然曉得自己要寫什麼樣的小說了。

原來

母親的病，證明是乳癌第一期，手術後須繼續治療和觀察，因此得住院。醫生說：「幸好發現得早，可謂不幸中之大幸。我相信令堂很有機會完全康復。但是，你們絕對不可讓她再度操勞。」凱新一聽，忍住多時的淚就流下來了。這淚水的源頭很複雜，最主要是釋然、慶幸，也有深刻的內疚，更多的是面對新生活模式極大的不安，以及發現生命中許許多多的「原來」所帶來的驚愕。

她慶幸是因為媽媽還在，她仍有機會補償自己的過錯。她一直以為只要把書讀好、考上大學，就已完成天大功業，其他家裏事，可以一概不管。吃完晚飯，她和弟弟絕對可以爛泥似地坐在電視機前，連把碗筷送回廚房的舉手之勞由爸爸來承擔。如今，爸爸晚上不但要到醫院去照顧媽媽，有空時更須拚命做兼工，以賺取醫藥費。

現在，凱新面對一屋子的家務，才知道自己的衣服可以皺得多難看，廚房裏未洗的碗筷可以堆得有多高，脱下來到處亂拋的襪子可以臭得多麼厲害；還有，抽氣扇的油污要清理可以用上大半個星期天。

她很不情願地接受了這事實：如果要像媽媽一樣把家庭打理得井井有條，只有一個途徑：那就是從此不讀大學，一天到晚馬不停蹄地做家務。可見生病之前的媽媽，白天做一份全職工作，晚上又得做另一份。媽媽的更年期提早到來，體力很差，原來她肩頭上的擔子比誰都重。

那天晚上，媽媽説：「孩子，你大學的學費終於全預備好了。現在可以開始為弟弟打算。」凱新頗不以為然，説：「不是可以向政府借的嗎？將來再還吧。」媽媽説：「現在的大學畢業生拿什麼工資啊？我今天借，你明天還嗎？我可不想你們活得那麼苦。」媽媽是很會打算的。如今，那筆錢已經全用在她的手術上了。原來沒有人可以百分百掌握自己的未來。

今天，凱新才總算明白：弟弟的慵懶和骯髒非常叫人生氣，口味刁鑽的爸爸十分難侍候，窗台上的紫羅蘭很容易發黴和死掉，到管業處交管理費要走頗長的一段路，菜心愈來愈貴。

她還開始曉得：如果你真的很需要、很緊張一份工資，那工作會忽然變得特別難應付。即使為小孩子補習，也可以成為一種必須逆來順受的痛苦，否則自己和弟弟就會窮得連乘地鐵的錢都沒有。原來，過去二十年，爸爸媽媽面對的生活壓力，比自己的功課壓力大得多。

熨斗在爸爸的襯衣上靈敏地滑翔。凱新的淚水掉在衣服上。熨斗滑過，「嗤」的一聲，那小圓點消失了。她用手背抹抹眼睛，以充滿喜樂的高音大叫：「弟弟，把洗淨的校服全部給我拿過來，拜託！」

心肝

沈元立按趙醫生的吩咐，打電話把嫲嫲、爺爺、媽媽和弟弟元飛都叫到休息室。他們放下尚未吃完的半碟飯，匆匆從醫院的飯堂趕上來。元立的眼睛紅筋滿布，如同幾天沒睡。弟弟元飛才扶着嫲嫲坐下，元立就開始說話了。「只有換肝 —— 就是進行肝臟移植，才可以救爸爸了。」

趙醫生補充：「是的，世伯、伯母、麗怡、元飛，元立說得對，只有這個方法救老沈了。可是，如果輪候屍肝，恐怕來不及。但親人 —— 尤其是有血緣關係的親人 —— 肯捐出一片肝臟的話，手術就可以馬上進行，為了老沈，你們必須慎重考慮。」他說話的時候，眼睛看着長得最高大的元飛，好像在說：由你來捐肝最合適。

沈元立已經二十五了，因為他是輾轉從副學士課程考上大學的，比同級的同學大上幾年，但他瘦長的臉總是側向目光最疏落的地方，頭髮既厚且長，加上黑色粗框眼鏡的掩飾，很少人能夠從他的面容得到充分的資料。他有多大，同學們都不大清楚，只知道他很高，人有點蒼白，即使在笑聲朗朗的場合，依然帶着無法否認的鬱結。父親病危的這一刻，他正在考畢業試。

沈元飛今年十九，剛完成高中，正在享受有生以來最悠長的暑假。此時，嫲嫲顫危危地站起來說：「醫生，肝讓我來捐吧，我活得夠長了，別要孫兒挨刀。」爺爺卻道：「你捐什麼你？你自身難保，我來吧，趙醫生。」他們深愛着爸爸，元立看在眼裏，非常感動。他在想，如果有一天需要肝臟的是自己，父母會不會做同樣的事？

這時，媽媽搶着說：「老趙，我這孩子剛考完高考，熬了兩年的公開試，不大好吧？」她似乎看破了趙醫生的心思，先發制人，元立聽了，只覺得心裏一陣抽痛。為了救爸爸，他很樂意捐出一片肝，但是，母親不讓弟弟做手術，明顯就是希望由他來了。她的偏心令他覺得非常難受。他比誰都愛弟弟，但母親毫不掩飾的傾側一次又一次要搗碎這份愛。

這一次，他更陷入了絕望。他說：「趙叔叔，剛才我們不是說好了嗎？我來捐。」

趙醫生看着他堅決但失意的眼神，不無憐惜，「元立，我看着你兄弟倆長大，你的身體，怎麼說都比不上弟弟。元飛，你願意嗎？」元飛想也不想就說：「當然願意！」

豈料媽媽瘋了似地，「醫生，不可以！既然元立願意，他也行的。他也快考完試了。」媽媽的堅持和元立的堅決，造成了無法改變的事實。

就這樣，元立住進醫院，趙醫生切去了他的一大片肝，移植到父親的體內。他放棄了兩個科目的考試，打算延遲畢業。在學校裏，他成為教授和同學心目中的英雄，但在家庭裏，他的主動和犧牲似乎帶來了更多的沉默。

手術第二天破曉時分，元立才漸次醒來，看見窗外的亮光，腦袋仍帶着虛晃晃的感覺，傷口頗痛。聽同學說，全身麻醉的時候應該沒有夢的，但到了他快將醒來的時間，夢不但多，而且具體清晰，很真實也很怪誕。元立無法分清哪些是記憶，哪些是創作，哪些是歷史，哪些是聯想。同一個夢交織着真幻的過去，好像鹽在水裏溶化，不知是鹽弄鹹了水，還是水稀釋了鹽。他看見母親抱着剛出生的弟弟從廁所出來，裙子下雪白的、瘦得看見骨頭的腿流出幾道幼細的血水。他站在那裏吃拇指，口中明顯有着拇指的實質感。看着血看得呆了，就讓拇指停在舌頭和上顎之間，硬生生地把眼睛所感知的驚訝扯開。母親厭惡地看了他一眼，煩躁地說：你看，你看，如果不是你，我怎麼連上廁所都要抱住小弟弟？你小器，我就知道你要害他，你要害他，我連睡都不敢睡。她拿起裙子，眼前頓時出現了大片大片的紅。他嘩的一聲哭了起來，沒命地逃跑，希望在房子的某個角落找到爸爸，請爸爸打救他。但爸爸不在廳上，不在廚房，不在爺爺嫲嫲的房間裏。爸爸從來就不大在家。他一面逃，媽媽一面追，爸爸卻在很遠的前面跑，他跑進一台電視機，一列地鐵，一片牆和一個人的肚子裏。跑着跑着，弟弟已經長大到四歲了，那一年，四口人一起到海洋公園（那是惟一的一次），元立已經夠高坐過山車了，但因為弟弟還太小，不通過，看見哥哥可以坐，就大哭起來。媽媽哄他，爸爸哄他，結果連元立都沒得坐，他也哭起來，但媽媽罵他，一直罵，一直罵，好像他在害弟弟似的。夢中，弟弟的身體突然變小了，小得輕飄飄地從過山車的安全帶中滑脱，卻沉重地掉到地面上，媽媽的尖叫喚醒了他，換成了醫院裏一個痛症病人遙遠而淒厲的呼喊。

半醒的他又陷入夢的狀態，時光恍恍惚惚喚回大學發報錄取名單的那個早上。因為報得太高而進不到心儀的學系，他的心像進了水的大鋼船迅速沉落到海底。但那天很奇怪，母親幾乎一點難聽的話都沒有，繼續和阿姨打電話閒聊。同一個晚上，全家一起去吃自助餐，慶祝弟弟因為出類拔萃的田徑成績，從一家普通中學成功轉到一家名校去。那頓飯，他本來想不去吃，但媽媽輕輕看了他一眼，他就去了，帶着前途未卜的動盪和孤單。他不停地為自己拿甜品。爸爸小聲問了句有何打算，媽媽竟然聽到了，說：種瓜得瓜，種豆得豆，吃豆吃個飽吧。然後媽媽忽然跳進滾燙的稠稠的湯裏，濺出的羅宋湯都變成了血。爸爸走過來掌摑他，說他累他沒湯喝。嫲嫲拉出媽媽的屍體，猙獰地說：活該，活該！……

太可怕了。他的意識真的回流到清晨的牀上了；躺着的時候，意識也平扁地黏貼着牀褥。周圍的護士開始工作，女工友開始送早餐，雜亂的聲音反給他一種軟弱待救的安全感。護士迷濛的身影飄過來，漸漸清晰，她比他更歡喜，「你醒來啦，覺得怎麼樣？」

他點點頭，問道：「我爸爸他怎樣了？」她似乎等待着這個問題，燦然一笑：「好得很，趙醫生說比預期中好。真虧有你這樣孝順的兒子。」他抓抓自己的鼻子，肯定這不是夢，想用力坐起來。護士走過來調節他的睡牀，說：「昨天你媽媽，弟弟，還有兩位老人家都來看你了。你的家人真好。」

元立點點頭。其實他也一直努力相信這是真的，直到媽媽緊張萬分地阻止弟弟捐肝。也許不到真正面臨危險那一刻，這種難以解釋的感情傾斜都被極力掩藏着，即使已經破綻百出，誰都不願意先說破。護士走後，元立閉上眼睛。尚未排清的麻藥馬上又要把他扯進睡眠裏去。

他猛力再睜大眼睛——實在太可怕了，這一刻，元立彷彿知道自己將要做些什麼夢。是的，從三天前開始，他終於承認母親從來都不愛自己，他真的死心了。她確是他親生母親，還不到五十歲，但他其實沒有母親。這種心情擊打着虛弱的身體，使他的生命皺得像一片髒亂的被單，摺疊着大小不一的陰影，一面活着，一面漸次腐臭死亡。

母親如常來看元立和爸爸，弟弟也在。嫲嫲和爺爺偶然也拄杖而來。湯水不缺，吃的也不少。最令元立開心的是大學宿舍裏的同學，無論熟悉的不熟悉的 hi-bye 的都來了，無不當他英雄。他們買來的食物都十分古怪，有辣得要命的杯麵、先酸後甜的檸檬糖，番薯味的餅乾條和半乾不濕的無花果乾，各方好友又合三十幾人的資金，買了一部 iPhone 給他解悶；不多久連幾個教授都來了，教授們帶來的，竟然是幾本日本漫畫，明顯是做過「研究」知道他喜歡安達充的。大家一出現就唧唧喳喳，醫院要出口警告才稍降聲量。反之，母親來時完全無話可說，和同學來時的翻天覆地，形成強烈的對比。

這一天，媽媽和弟弟一同來了。弟弟手上也拿着一部 iPhone，跟他那個一模一樣，要幾千元一部。父親的手術和藥費用了許多錢，家裏應該比較拮据了，誰付了錢呢？嫲嫲爺爺還住在公屋，沒可能。一定是媽媽買的。

媽媽上洗手間的時候，元立問：「媽媽給你買的？」弟弟說：「嗯，她說我念名校，電話也該用好一點的。」元立說：「你真是，你要的話，我這個給你用就可以了。」元飛喊屈：「哥，我沒叫她，是她突然買回來的。難道我放着不用嗎？」元立不再做聲。媽媽回來削了個最大的蘋果，遞給元飛，對他說：「你先吃了，回家吧，別浪費時間。」說完，再拿起一個，削好了給元立。

元立的情緒集中到手指上來。手裏拿着個削得白白淨淨的蘋果，喉嚨深處也有一個強行冒起來，像一片石頭那樣卡在那裏。他說：「媽，你回去吧，我慢慢吃。」母親輕輕地「嗯」一聲就站了起來，拿起手提包離開了，走的時候腳步幾乎是慌亂的、逃走的。她清癯的背影消失在病房大門的一剎那，元立同時感到傷心和釋放，手上的蘋果漸漸生起鏽來。元立一口一口地吃着，清甜的果肉藏進了牙齒的隙縫中，在那裏慢慢地變酸，變苦，長細菌。

趙醫生說得對，元立比父親更早康復。出院前的兩天，他坐在輪椅上滑行到父親的牀邊，和他細細地聊天，心裏有一點不捨的感覺。在這個家裏，父親是他最親近的人了。開始的時候，父親沒說什麼，就說了一句：幸好有你；阿立，你要好好照顧自己。元立扭頭看看父親，百思不得其解。他毫無邏輯地把話題扯到大學去：爸爸，牀位不夠，大學宿舍要趕人了，我即使要再讀一個學期，也只能走讀。爸爸說：那就回家來吧。元立點點頭。忽然，爸爸又說：難為你了。什麼？元立聽不明白。爸爸坐直了身子，嚴肅地解釋：「孩子，難道你不覺得嗎？你媽就只疼你弟弟。」

心頭一陣海嘯，元立垂下了頭。男子漢，大丈夫，母親一點點偏心又算得上什麼呢？他想起《左傳》的〈鄭伯克段于鄢〉，心裏竟然萌生了一點點對弟弟的疏離和怨恨。很快地，他把那種聯想壓了下去，但留下的情緒仍非常複雜。此刻，爸爸又說話了。「媽媽不疼你，是有原因的。你出生的時候，長得一點不像我，你嫲嫲一向不喜歡你媽，就堅持不相信她清白。嫲嫲說你不是我的親生孩子，和媽媽大大吵了一架，你媽媽哭了好久。後來你嫲嫲還在親戚朋友之間到處這樣說。」

元立極度驚訝，嫲嫲竟然有這種想法啊！但女人的直覺聽說是很準確的，難道自己真的不是爸爸的孩子嗎？爸爸看着他，猜到了他的心思，就對他說：「你知道你媽為什麼一定要你來捐肝給我嗎？」

「那是因為她不想弟弟挨刀。」元立發覺自己的聲音不無嫉妒。

「一方面是這樣，另一方面，她要證明自己的清白，她受了很多年的冤氣，而出氣口就是你。」爸爸歎息道：「這些年，你媽好苦；可我知道，你受的苦更多。── 有句話，我不知道該不該跟你說：我也一度以為你是別人的孩子。這一次病況轉壞時，我不顧面子，跟老趙商量了，你趙叔叔罵了我一頓，説你不可能不是我的兒子。手術前，你知道，我們很仔細地驗了血。立兒，我們白過這些年了，我對你不起。」

元立聽着，激動得説不出話來。原來事情這麼複雜。「當初為什麼不去做基因檢查呢？至少我們一家可以活得更快樂。」他按捺不住，高聲質問父親，幾乎忘記了他那時還非常虛弱。

爸爸疲倦地牽牽嘴角。「你實在入世未深。試想一下，如果我真的要求媽帶你去檢驗基因，那她跟我還能繼續做夫妻嗎？一旦『證明』你的身分，也必同時證明了我對她的不信任。現在想起來，你媽受的傷害深不可測，為了維持這段婚姻，她不知嚥下了多少淚水。因此她也無法客觀地對待你，她迷信你的長相太英俊是前生的仇家來討債，志在要她受嫲嫲的氣。這也難怪，你不知道親戚中間的閒言有多難聽。」

元立默言不語。為何一家人連最起碼的信任都沒有？這些年來，弟弟這樣受寵，而自己在家裏的待遇如此不好，就因為嫲嫲無理的臆測嗎？為什麼上帝要把我塑造成這個模樣呢？他看着父親睡去，就慢慢推動輪椅，滑回自己的牀邊，揣想着出院之後馬上找工作，然後搬到外頭住。他連最後兩科都不想繼續讀了，只希望安安靜靜地一個人過日子——過一些沒有爺爺嫲嫲、媽媽、爸爸和弟弟的日子。

他一直用心用力用意志愛着他們，如今，他發現他們都在自己的心裏插下一柄尖刀。父親依然虛弱，而且他坦白了，他對他還有一點點的憐惜（他不想用「孝順」一詞）。他覺得，父親的養育之恩，他已經用那片肝報答了。至於嫲嫲和媽媽，他實在覺得難以原諒。弟弟嗎？他所得的愛已經足夠，大概也不會在乎自己的點滴好意了。本來渴望着出院的元立如今靜靜坐在窗旁，大街傳來的一切聲音都變得遙遠。他只想永遠坐在這窩成懷抱的輪椅上，永遠地虛弱下去。

父親出院不久，元立又給趙醫生抓回醫院裏來。他患上了抑鬱症。

趙醫生告訴爸爸媽媽元立患上情緒病的時候，爸爸承認：我跟他坦白了。媽媽聽了就哭起來，躲在房間裏連飯都不吃。趙醫生仗着三十年老朋友的身分狠狠地推開她的門，幾乎用咆哮的聲音對她說：麗怡你任性夠了沒有？老沈你也一樣，你當年不信任也不保護老婆，現在兩代人都受罪了。元立有什麼事，都是你們害的，你們在大學裏讀的究竟是什麼書？竟然把孩子弄成這個模樣！

元立覺得世界真的暗了幾重。來看他的同學都說那只是你的錯覺。好久以後，康復了的元立告訴他們：原來人掉進抑鬱陷阱的時候，四周看起來真的像蒙上了一層灰紗。

那段日子，趙叔叔幾乎每天都從外科跑到精神科來看看他，對他說：「阿立，我看着你長大，知道你很懂事。這些日子，你身體受創，情緒會比較波動，但你千萬不要相信自己的情緒，要明白這都只是些幻象。」元立點着頭，但心情的低落已經來到他難以理解的程度，加上精神科藥物的影響，如今的他一天到晚只想睡。母親和嫲嫲輪流的出現，不但沒有讓他感到愛，她們更成了他最大的噩夢。這兩個女人的身影，每每使他緊張得一身冷汗。這樣過了兩個星期，他只會服藥和沉睡。他清楚知道自己正在逃避着什麼，但只要看見女性的身影在病房門外閃動，還是會馬上大被蒙頭，假裝正在熟睡。

果然，腳步聲近了，他又馬上「睡着」。那幾個人拉來了椅子，就坐在他牀邊，真的以為他落入夢鄉了。「又睡了。每次見他總是在睡。老趙，他這樣行嗎？他還會恢復正常嗎？」是爸爸的聲音，小得很，充滿了內疚。「我真不知道該說什麼。」是媽媽的聲音。

「我愈想對他好，就愈覺得自己無從入手。我知道他恨我，我是活該的。可是，為什麼要報應在他身上呢？這孩子受的苦已經夠多了。」媽媽安靜地細細地抽泣起來。

過了一陣子，趙醫生用很平和的聲音說：「我看，這邊的藥療雖然有一定的效果，但你們是不是也該認真地向他道歉？我知道，身為父母很難開口，不過，為了阿立的精神健康，總應該一試。」聽在耳裏，元立嚇出了一身汗。他不要父母道歉，那太難堪，他只要他們的關懷。

又是一陣沉默。父親說：「麗怡，是我對你們不起。這些年來，我逃避着這事，沒跟我媽理論。」媽媽用小得幾乎聽不見的聲音回答說：「不是你不好，是你媽不好。」爸爸歎了口氣，「我們都不好。我一直壓抑着自己對你的懷疑，沒有清理。可是，我媽已經風燭殘年了，你就原諒她吧。」

趙醫生插進了一句「Excuse me 我要去廁所」就咯咯咯地往外走。媽媽見他離去後，再度忍不住哭了出來。「二十五年了，我從來沒好好愛過他。追不回來了，二十五年，他不再是小孩子……」繼而是爸爸移動着身體和擤鼻子的聲音。他可能正在擁抱媽媽。

元立動也不敢動。他極力控制自己，不讓淚水湧出，免得濕了枕頭。好久好久，一切似乎都合上了嘴巴，只有光管的電流聲勻稱地機械地響着。過了一整個世紀，趙醫生的腳步聲又響起來了。「我們不如先去吃飯吧，我晚上還要做手術，你們也要等他睡醒。這一次我請客。」元立確定三人真的離去之後，才打開被子抽了一大口氣。淚水像大雨後的洪峰，衝決了一個又一個情感的水閘，把眼睛前面的那一層灰紗沖走了。他又躺下，拿被子蓋得嚴嚴地包住頭顱。

這一次，他真的睡着了。像再度給打了麻藥，他一個夢都沒做。

那個黃昏之後，精神科的醫生發現他康復得很快，快得有點難以置信。出院前的一天，趙叔叔特意從外科那邊走過來和他道別。他說了些祝福的話，然後湊過來就着元立的耳朵問：「那天你其實並沒有睡着，對嗎？別騙我，我可是醫生呢。你這小傢伙，竟然在我面前裝睡，大膽！」

元立充滿感激。「我當然瞞不過你，趙叔叔，你連我的『心肝』都親眼看過了。」說着，就在胸腹之間做了個手勢，像在拉開一條拉鍊。

趙醫生哈哈大笑起來，同樣做了個拉拉鍊的手勢，不過，那道拉鍊長在他笑得合不攏的兩道厚唇上。

陪客

同房的 Yvonne 問曉婷：「好看嗎？」

曉婷看看她──Yvonne 今天的眼睛變成了銀藍色，短短的頭髮給夾了起來，飛出來的髮絲用髮膠固定在耳朵旁邊，身上是高領棕色小格子名牌高爾夫球服。

「你會打高爾夫嗎？」曉婷很驚奇，Yvonne 是從不運動的。

「你胡說什麼呀？」Yvonne 叫起來，「穿這種衣服一定要打球的嗎？老套啊你！這是名牌，好貴的呀。他約我出去呢。」

「真的嗎？替你高興。Give me five！」曉婷伸出手來。Yvonne 卻動也不動，「什麼 Give me five 啊？他又不是在約你。不過，你去不去？他說你也可以去的。」

「去哪裏？」

「他説去游泳，還説你游得很好看。不過，你到時自己游好了，他要教我的。我真替你難過，你的運動這麼棒，男孩子都給你比下去了。表姐告訴我，對喜歡的男生要懂得扮小白兔。」

曉婷聽了哈哈大笑起來——小白兔？這可真是男性沙文主義者最大的陷阱啊！「好，好！小白兔Yvonne，把他的心拿下來！」

黃昏，他果然來了，還把另外一個男孩子帶了來，那個人叫做阿風，不大做聲的。兩個人的約會，變成了四個人的約會，對曉婷來説，真是再奇怪也沒有了。到了泳池，曉婷把三人留在池邊，就跳進水裏游了二百公尺，二百公尺，對向來是中學校隊的她來説，還不能算是熱身呢。她把頭從水裏鑽出來的時候，鬆了一口氣，每次陪 Yvonne 出來玩，都悶得很，難得今天可以趁機運動。

Yvonne 從暗戀那個「他」開始，到現在終於約會了，口述故事的情節每天更新，自己就好像她的日記本了一樣，給寫得滿滿的。不過，她總覺得 Yvonne 提出的論據不夠，他似乎對她不怎麼認真呢。有時 Yvonne 很長氣，曉婷想睡了，但心頭卻癢癢的，好像要追看電視劇，精力卻又不夠，經常只看一半就睡着。還好，終於約會了。如果 Yvonne 從今開始「拍拖」，自己也該可以早點睡了。

「你的技術真不賴啊！參加校隊吧。」忽然，Yvonne 的那個他從水底冒出來。這個人一定自覺很英俊，看，他不停用手撥頭髮，好像正在跳舞似地「戳」着頭。

「我嗎？很久沒練習了。況且，我已經在校隊打籃球了，再來一隊，時間不夠呢。」曉婷一面回答，一面懷疑這到底是不是自己說的話。她其實也很想進隊游泳啊，只是，由他來邀請的話……

「你不進隊，我就沒法常常看見你了。」他輕佻地說，說時露出白白的牙齒，但嘴角只向一邊打開，有點詭異，曉婷開始感到不對勁了。她回頭看看含情脈脈的 Yvonne，金黃色的夕陽中，她穿着小裙子彩虹泳衣，倚在泳池牆邊把弄着那條粉紅色的小毛巾，看起來很可憐，也有點惹笑。然後，曉婷的眼睛橫過泳池，尋找他那個同來的朋友阿風。阿風正拿着浮板，在練習線道上自顧自操練着蝶泳的腰部動作。回頭看看身邊的這位多情公子，他正自言自語地說：「怎麼搞的？叫他來陪我，竟然一個人『撻』，丟下我們不理！嗨，游夠了沒有呀，阿風，你不陪人家嗎？」

曉婷打從心底裏笑了。我不也正是一個「陪客」嗎？這種時候，最好做點事，忙碌一點地「陪人」。她雙腳偷偷在池邊一蹬，在水底越過幾條綫，趕上了那個阿風，就在他身旁練習起來。雖然在水裏不能說話，她感到他與自己之間好像認識了很久的朋友。以前在校隊，隊友之間也是這種無言的水底交流，讓她和他們建立起一生的友誼。她只是沒想到，這一段友誼開展了，另一些呢，卻正漸漸萎縮。

Yvonne 的日記到此完結。不，不對，她是換了日記本子，自從知道她被那個「他」利用來親近曉婷，她再沒有和曉婷説過話。曉婷倒是沒所謂的。現在，曉婷自己的日記本呢，卻開始由泳隊湧動的水花來寫了。

雖然她真的進了隊，而且常常到泳池去，Yvonne 和她那個親口邀請自己進隊的「他」，卻從來沒出現，她只看見沉默寡言但勤奮練習的阿風。誰是陪客，誰不是，曉婷不大理會，但她也不焦急知道。有些事情，最後總會明明白白地放在眼前。此刻，阿風正在隔壁的水道上冒出頭來向她微笑，叫她的臉忽然紅起來。她回了一個笑容，馬上鑽進透明藍的水裏去，向目標前進。

墨鏡**阿張**

墨鏡阿張討得老婆了，胖胖的陳嫂說，像在講述一個虛構的故事。她一面說，一面自多士爐拿出兩塊給烘得乾硬的方包，用熟練的手勢塗上黃澄澄的牛油，然後糊上厚厚的一層煉奶。

剛在泳池練習了三千公尺的達維放下了錢。陳嫂一手抄去了紙幣，一面繼續講阿張的故事：老婆是上月討的，他還請我和壁球場的阿黃、體操房的阿強三伙人吃晚飯。達維很隨和地笑着，那表情分明在說：我已經笑了，盡了人事，請找錢給我。可是那陳嫂太投入她的故事了，竟在碎錢盒裏翻來覆去地叮噹了半天，仍湊不成該找的數目。

故事仍然繼續：他的老婆才二十五歲，合該阿張的一半。「啊？」對方有反應了。達維知道阿張不太年輕，卻沒想到他已經五十。陳嫂問道：你相信嗎？手裏抓了一把零錢，卻算不出答案。該找五塊六，陳嫂，達維說。陳嫂不好意思地笑起來，卻加來加去加不成五塊六，只好攤開手掌讓達維自己拿。達維正心焦得緊，也顧不得禮貌了，伸出兩隻手一個勁兒地拿。

陳嫂見他快要走了，馬上把握時機說：但那不可能是真的。「什麼？」達維驚訝地問，明顯有點受騙的惱怒，一屁股挨着小賣部的長桌站在那裏，打算再聽一會兒。你說，哪有廿來歲的肯嫁五十幾的人？當然，大富大貴者別論。阿張只是個救生員，雖說是香港人，但如今內地女孩的要求也不見得太低呢，你說是不是？達維歎了口氣，搖了搖頭，似乎在替阿張的謊言（當然，還可能是被騙）感到惋惜。

半年過去了，這個片斷在達維的腦海中淡白了，迷糊了，漸趨空濛如一個小說的情節。他又變回一個頗為單純的泳手。每次上體育中心，他還是見到阿張在太陽下當值，洗池面，量水溫，派鑰匙，簽到，或架着墨鏡東張西望。但不知怎的，他老是感到阿張身上沾染着一個少女的氣味、唾液什麼的，教人想吐。他的教育告訴他，這是很不尊重別人的想法，但他仍無法揮去這種奇怪的感覺。

達維如舊和阿張說笑，但同一個笑話，今已變了性質，變得很有暗示性，很有深度似的。他泳罷又不知不覺走到小賣部，好像已獲允許參加一個重要問題的研討。果然，陳嫂悄悄告訴他，阿張的老婆懷孕了。陳嫂道，竟然有了 BB 啦！阿張半個月才回去一次，竟然中了。達維用一種和自己對抗的語氣道，你別多疑了，那有啥稀奇，六合彩不是也有人中嗎？哎唷，你真是！陳嫂嗔道，又輕聲説，那你中過沒有？於是，二人哈哈哈的大笑起來。

阿黃來了，一聽見笑聲已知道他們正在説什麼，高聲加入：人家好福氣嘛！你們怎麼硬不相信人家能生？陳嫂道：誰不相信她能生了？我只是不信……不信什麼？阿黃曖昧笑問。達維又只好自己算錢了，陳嫂忙着和阿黃辯駁，絲襪奶茶終於給送進達維口裏的時候，已經半涼了。

又半年了，墨鏡阿張仍守着冬日的池水在發呆。沒有泳客的日子，泳池像儲着一片冷水晶。達維隔着欄杆叫道：喂！阿張，你做爸爸了？阿張馬上脱了墨鏡，哈哈哈地笑了。達維問，是個啥？當然是個兒子！那真恭喜你了！哈哈哈！出生時多重啊？這……忘啦！哈哈，我真糊塗，阿張答。

什麼，忘了多重？你看！你看！哪有這樣的阿爸？忘了多重？陳嫂更肯定自己的猜測了。她一面煮即食麪，一面説：我自己三個女孩，每個重多少她們阿爸全都知道。什麼？説是兒子？我可連照片都沒見過一張。達維道，可能因為在電腦裏沒曬出來。陳嫂道：你為什麼不信我，信他？陳嫂説，那孩子可能長得一點都不像他，所以不敢照相呢。達維忙道，我當然信你，當然信你！……信，信，信你個頭！哼，你無腦㗎你，你們這些所謂的大學生！陳嫂幾乎是在咆哮了。

陽光下，阿張又把墨鏡架上。水天如鏡，泳手都離開以後，池底的小格子清晰得教人發慌。

最後一天

星期六，又是上班的日子。雁鳴剛打開大閘，拉起一半，進去亮了燈，素琪就鑽進來。今天她的馬尾很長很曲，明顯是用假髮接上去的，她看了雁鳴一眼，也沒說早，就衝進更衣室換衣服。出來的時候，已經是一身制服加上老闆娘指定的黑色的高跟鞋了，這邊，穿着球鞋的雁鳴仍為了店面上的種種細節忙個不停。開收銀機，開電腦，打音樂碟，點貨，把餘下的蒸餾水用自己的小瓶子裝好，喝了幾口，喝不完，分了一點點給光管下面的紫羅蘭，再把大大的一桶水換上。素琪出來後仍在補唇膏，一面撒着嬌自顧自地說沒有藥水膠布，說高跟鞋的後跟位刮痛她的腳皮，雁鳴就如常從自己的背囊裏取出一片給她。不多久，店門盡開。此時，安琪拉也跑着回來了。她知道緹麗莎還未到，鬆了口氣，兩手往負離子長髮一拉，就扯下了頭繩，頭甩着，人馬上鑽進了更衣室，出來後同樣換上了制服高跟鞋。

三個女孩口中的緹麗莎是老闆，四十多歲，未婚，男友是開書店的「四眼佬」陳先生。陳先生的眼睛很小，嘴巴卻像個女明星那樣，紅紅的、線條清晰的、幼細的，屬於像榕樹頭描死人照的老頭筆下五十年代的女人。他的書店賣的是通勝、命相、掌紋學等書，還有些什麼唐詩故事，舊版《水滸傳》和林林總總的國畫集，門口也賣一些廉價玉石，店內塵土飛揚，好像從來沒有打掃過似的。

聽說書店一直在虧本，而緹麗莎這個時裝店賺來的錢，就一直注入這漏水的大破桶。緹麗莎對陳先生呼呼喝喝，對他的關注連蔑視的程度也不到，但錢還是不住流向他，不知兩人之間到底有何魅力、有何膠葛。

但是，身為一個男人的女友，緹麗莎實在不算可人，她嘶啞的罵人的聲音好像一塊懸掛在陳先生頭上、隨着他走路的烏雲。她的店開在大路，他的卻在不遠的後街，咫尺天涯地接近，走後門只差幾步，因此二人爭吵的情景，彼此厭惡的眼神和之後泄洪似地落在女孩子們身上的言語，大家都習慣了。

安琪拉站到收銀機後，一把拉來高凳，腳藏到裏面去就甩掉鞋子，套進拖鞋裏。根據大家的經驗，在往後的十個小時裏，以第五到第九句鐘進來的人最多，現在，她們還可以説幾句閒話，雖然嚴禁講電話，但大家有時會打打短訊。

素琪看看老闆娘未到，就咯咯咯地走到隔壁買魚蛋燒賣做早餐。雁鳴瞄瞄電話，都十二點了，這才是第一餐嗎？安琪拉抱怨道：「要站一整天呢，要我們穿這樣高的鞋子，有必要嗎？」雁鳴回應：「醫生説我扁平足，掌骨又寬，不能穿高跟鞋，穿不到半小時就痛死了。可是沒法，打工。」安琪拉哼一聲説：「緹麗莎説自己的腳是為高跟鞋訂造的，聽説十多年前她還能穿着四吋的尖頭鞋跳熱舞 —— 就是她還在夜總會唱歌的時候。哼，難以想像。她那副嗓子。」

雁鳴又看看腕錶，開始點數衣服的價格標籤，添置了一些不同大小的尺碼，然後才進去換衣服。出來的時候，緹麗莎剛到了，而且帶來一個女客。好像是她的相識。緹麗莎瞪着雁鳴，認定遲到的是她而非自己，走過來小聲説：「現在幾點了？這才換衣服？你看，素琪已經有交易了。」聲音雖然壓得很低，但雁鳴聽得出來，她似乎又跟男友吵架了。雁鳴説了句對不起，就站到應有的位置上，雙手放到背後，嚴陣以待地等着那些可能會走進店子裏的人。

緹麗莎的「朋友」是説普通話的，一買就買了七件，用信用卡簽了接近兩萬元的賬。緹麗莎説給了她六折，其實大家都知道她的來貨價只有標價的一折半折。客人很滿意地離開了，緹麗莎此時不理會自己的聲浪，大喝道：「我説過多少次？不准在我這裏吃東西，一陣陣酸臭，算什麼？再吃的話就不用上班了。」説的時候，眼睛橫掃每一個人。安琪拉理直氣壯地說：「緹麗莎，不是我，我根本不吃午餐的。」雁鳴本來也想說句不是我，但她說不出來，因為一說，素琪就遭殃了，於是垂下頭道：「對不起，下次不會的了。」

緹麗莎抓了手袋，向着後門那邊出去了。素琪抿抿嘴，垂着頭，聲音卻衝着雁鳴：「我和你沒有什麼關係，你不必賣人情給我！」雁鳴不理她，逕自去整理一批昨晚新到的大陸來貨。素琪又說：「這裏根本就沒有飯鐘，我寧願不要飯鐘錢，要飯鐘！」雁鳴發現一些來貨錯了尺碼，就開始打電話給批發商。素琪繼續，「我不像人家是大學生，只在星期六上班，賺錢買花戴，我要養活自己，只得逆來順受。」批發商在電話那頭大聲吼叫，雁鳴很無奈，冷冷地回應：「那我一整批退回來，讓你們看清楚。」這時素琪在旁竟然又加了一句：「還以為自己是老闆娘呢！」

「你說完了沒有？」安琪拉忽然向着素琪大叫起來，好像很有正義感似的，但話未說完，就轉頭喝罵雁鳴：「你這都能忍受？老實說，我最厭惡的就是你這種任勞任怨的奴婢！」她一手打在那一疊紙袋上，啪的一響，人從高凳站起來，走出來指着素琪繼續，「你這種八婆我還能忍受，至於你，」她對雁鳴說：「——我真是忍無可忍，我不幹了！和你這種全無尊嚴的人一同工作，有失身分！老闆娘回來我就跟她說，她要留我，就不得留你！」

話音未落，緹麗莎已站在店子的中央，直直地瞪住她。安琪拉馬上收口，素琪也遊魂一樣輕飄飄地滑到一大堆長裙子背後。雁鳴平靜地說：「昨天送到的那批外套，少了三件中碼，而且加大碼的其實只是大碼。我檢查過了，東興行不肯換，我們退貨吧。」

老闆娘接過她手上的單子，又看看來貨，忽然掉頭過來盯住安琪拉，「我一定要留張雁鳴，你可以選擇不幹。」

安琪拉用很輕的聲音委曲地說了句「shorry」，因為慌張和羞憤，莫名其妙地錯捲了舌頭。

緹麗莎把雁鳴拉進了黑暗狹窄的貨倉，和她細細說起話來。「你能不能每星期多做一天？」雁鳴說不，因為天天都有課。緹麗莎說：「你大學畢業也不過八九千元，我如今就給你一萬二，你不如不要讀大學了，來當個全職，我給你經理名銜好了。」雁鳴看着她，昏暗的燈光下，緹麗莎的老，顯在她濁黃的眼白上。深陷的雙頰和高聳的顴骨托住她為了裝作年輕而修飾得極好的劉海，但劉海下的大眼袋卻出賣了她。她的眼角線分散式地排開，要延展到髮鬢了。雁鳴聽見她說：「女人最重要的是自己的事業和經濟來源，讀書讀多了，錢反倒賺得少，男人也靠不住。你不妨再考慮一下。你會說英語和普通話，我的客人喜歡你，你有前途的。」

雁鳴不忍說不，但也絕不願說好。她忽然想起緹麗莎男人的書店來。她對裏面所有的「書」都沒興趣。要是他說把所有的貨品都送她，她倒煩惱了，而緹麗莎竟為這樣大的一堆垃圾找到了居所，甚至交租，真不能想像。同樣地，安琪拉和素琪的位置，她一點都不想得到，甚至老闆娘的財富和權力，也不是她要追求的。忽然她明白了：自己的忍耐和溫柔其實來自一種深沉的驕傲和隨時一走了之的可能。素琪說得對，自己來這裏兼職，不過想賺點零用。她心頭適時出現了點滴的激動。她要說老實話。

「緹麗莎，我功課很忙，現在就向你辭職。其實，安琪拉可以負責點貨，她行的。素琪也是有能力的，可以讓她試試掌匙。」緹麗莎聽了十分驚訝，她沒想到雁鳴竟然倒退一大步，連一星期來一天都不肯。她光火了，伸出一隻起皺紋但長着紅色指甲的粗手指，戳着雁鳴的鼻尖說：「我早就知道你這種所謂大學生是養不熟的了！你有種，竟然飛起我？」

雁鳴看着她的眼睛，悲從中來，不知道該說什麼好。她深深抽了一口氣，垂頭走出貨倉。剛踏出一步，又回過頭來，對緹麗莎說：「緹麗莎，昨晚塘廈工廠那邊打電話來，說來貨要加價了。你最好和他們談談。還有，我一直不敢告訴你，陳先生和後街的那個一樓一鳳在一起許多時候了，我晚上下班經常看見他們在官涌那邊吃消夜。緹麗莎，好好保重，我感謝你對我的好，這一切，我會記得的。」

那天，雁鳴依然工作到晚上十點半，按例還是最後一個離開店子。回家的小巴上，她向素琪、安琪拉和緹麗莎各發了一個短訊。給緹麗莎的是「Teresa，我會回來看你的，再見」；給素琪的是「Suki，要吃早點」；給安琪拉的是「Angela，請不要認為我奴顏婢膝，我之所以能夠忍耐，是因為我對將來保持着一點點希望。其實你也可以的，加油。」

薇甘菊

並序

——薇甘菊有極強的適應力，種子由風力傳播，莖的節與節之間可生根，每節的葉腋更可長出新枝，形成新株；繁殖快而廣，有「一分鐘一英里」的可怕稱號，又叫做「綠癌」。人人看見，都該第一時間動手拔去。

不過是一次極普通的失戀罷了。韓睿在祖怡毫無準備的時候告訴她：他們性格不合、沒有前途，最好分開。然後祖怡的二姐看見他在商場裏拉着另一個女孩子的手。

祖怡很痛苦，沒法讓自己的思想離開這件事。媽媽對她說，她早就看出他不是好人，因為他「耳後見腮」，必定忘恩負義。爸爸說，他身為男孩子竟然念比較文學，一定沒出息；男人應該讀電機工程，最窩囊的也該修法律。哥哥說要揍他，因為看不慣他的油頭粉臉。姐姐說他品味差、自卑感重，否則不會捨棄讀大學的妹妹去追一個小出版社的接線生。

但他們都沒說，他再差勁也還比她強。是他先不要她、一手把她甩掉的。他那種人還嫌她，那她自己能好到哪裏去呢？他們的好言勸慰，反成了落井下石。

祖怡是念心理學的，自然還懂得一點點自我開解的方法。為了避免家人的嘮叨，她跑到圖書館去。暑假了，人很少。場景太熟悉了，她一坐下，淚水就滾滾暢流。差不多一刻鐘，她激烈抖動的肩頭才安靜下來。風雨過後，心靈的晴空反而擴大了。她開始看見一年前的自己。

那時候，他倆剛進校，很不習慣到處找教室、天天換時間、老師叫不出姓、同學喚不出名的大學生活。他們的手拉在一起，只不過要抓緊一點點安全感。但是她成長了，學業、專業上更一步一步地跨出了他的安全區。他可能比自己還要難受。想到這裏，她心裏升起了洶湧的憐憫。她「原諒」了他，因為她的尊嚴復活了；同時，她幾乎無法自控地發展出一種墊底的、幾乎看不見的蔑視。那是她從高處墜下，着陸時厚厚的軟墊。

早些時候，每當她想到他和那位接電話的小姐在一塊，就覺得苦澀非常，如今，卻多了惡心的感覺。救了她的不是愛，而是深沉的驕傲。但她還是隱隱覺得兩人之間尚未找到最好的平衡，太輕的那一邊，亟需要等重的砝碼。彷彿有些手續還等待着她去辦。她不自知地期盼着這一刻。

圖書館外，驕陽似火。她幾夜沒睡好，離開的時候眼睛適應不來，差點昏了過去，幸而給一個人接個正着。那人正是韓睿。

他心痛地抱着她，聲音戰抖。「你瘦多了……」就這一句。他再也說不出話來。

韓睿回來了，好像從來沒有離開。在他的臂彎裏，一時間她還是隨着情感的滔滔巨浪，義無反顧地流蕩而去。是的，他回來了，回來了，這一次可不能輕易讓他走了……她滿臉的淚水落在他波動不止的胸膛上。只是，連她自己也不知道，某個薇甘菊似的念頭正在她裏頭悄悄萌芽，高速生長，而且很快已經繁殖得鋪滿了他們命運的山頭。

一個月後，她用性格不合為理由，提出分手。最後的「手續」終於完成，原諒和報復的向量拉扯成靜止的狀態。對他來說，饒恕的長度不夠；對她來說，懲罰剛剛落在適當的地方。她準備好過新生活了——例如考研究院，考駕駛執照，每天運動，以及按季到不同的省份旅行。一切將是那麼美好。他呆在那裏，沒話可說。

黃昏的街頭上，她的影子扁扁地躺在他腳前，早因為拉得太長而稀薄。她臉上重新長出了顏色，她扭頭時，那一抹可怕的健康粉紅架空地掠過他緊抿着的嘴唇。人走遠了，一切恢復正常，漸暗的大路上，街燈一排一排地亮起，光源紛雜，燈下的影子開始不斷地改換着方向。

尊榮

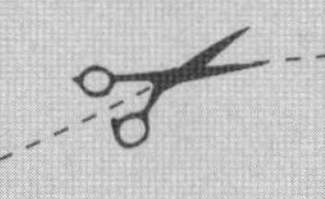

《舊約聖經．箴言》20:29

「強壯乃少年人的榮耀，白髮為老年人的尊榮。」

明天要上八點半的課，今天午夜過後才開完會回家，早上交的作業還未完成。這到底是怎樣的一種生活呢？但是，加了三個學分來念的這個怪學科，「上莊」做政治系系會主席，……全部都是自己的意願，再忙也不能怪誰。李達照例走進廚房，照例看見預期中的那一張便條：「湯在冰箱裏。要『叮』三分半鐘，連湯料一起吃才有益。—— 媽媽」

照例的叮一聲，在深夜的廚房裏特別響亮，那種夜闌人靜的寂寞也好像特別清晰。湯熱好了，擰開電視，它正重播着當年一個很受歡迎的節目。內容說一些幸運的觀衆得到免費整容、瘦身的機會，經過導師的大改造，又老又胖的男女搖身一變，都變成年輕得多身材標準的俊男美女，他們再度出場時，一眾親友無不尖叫歡呼，親熱地擁抱他們，為他們青春重臨感到異常地興奮。

喝過湯，把碗胡亂放在廚房，李達幾乎要用盡全力才爬得進浴室。實在太累了。浴後幾分鐘，他就睡得打呼嚕，連作業都忘記了。但這一夜並不安寧，夢都拖得很長，裏面的細節具體得嚇人。李達竟然夢見媽媽年輕時的樣子。夢裏，她拉着自己的手，正往一堆五顏六色的滑梯旁邊跑。

不錯，在李達的書桌上，照片中的媽媽正是那麼年輕。平日她穿着短褲、球鞋，把長髮束成馬尾。但家長日一到，她要去見老師了，卻一定會改穿裙子，更把長髮梳成小髻。李達還會看見她拿着一個粉掃，在本來已經很白皙的臉上先抹粉，再塗上粉紅胭脂。那一天的媽媽格外漂亮。

每次李達收到成績單，媽媽總是先拿去複印兩份，怕把正本弄髒了。然後，她會把正本放進厚厚的透明膠套本子裏，整天不說話。到了第二天，如果媽媽還沒有哭，他就可以得到一個渴求已久的玩具。但如果媽媽靜靜地哭了呢，那玩具就得再等一個星期才到手。其實它早就藏在媽媽的衣櫥裏了。

不過，這次在夢裏看見的媽媽，卻有點不對勁。她年輕得太過分，幾乎是個高中生模樣的少女，好像經過了一種詭異而大能的整容手術一樣，比今天的李達還要年輕。她的臉否認着歷歷在目的歲月，也否認着她自己的身分，和已經長大了的李達。無論李達怎樣思考，她都和「媽媽」兩字對應不來。摸着枕頭，嚇醒了的李達被一種無法解釋的恐懼重重包圍。

七點就起牀了。李達真的很累，但再也睡不着了。他為剛才的夢感到惴惴不安，卻無法理解這種不安的緣由。

夢的場所餘下體溫和睡眠的引誘。他掙扎着爬起來，赤着腳輕輕走到廚房門口。腳掌傳來的涼意使他漸漸轉醒。他愛赤足感受雲石地板的冷硬，那會使他清醒。無聲無息地，他來到了廚房門外。

廚房裏，媽媽已經在做早餐了。他站在那兒，凝視着她的背影。媽媽早就改蓄短髮，髮腳撥到耳後，耳朵上也不像以往，每天掛着不同的耳環，只剩下日漸合攏的耳洞了。像一般中年女性的選擇一樣：樸實方便，已淩駕於對外表的執著。

她比以前胖得多了，腰臀尤其豐滿，挪動起來，不免有點遲緩沉重。李達想起媽媽在中學時是中距離的跑手，從照片看，她那時的體重不可能超過四十五公斤。如今她是五十歲的婦人了，做起事來總覺得有點吃力。她身體不見得特別好，平日晚飯之後，一坐下就睡着，醒來後才清洗碗碟；到了深夜，卻又失眠。如果可以，李達願意付任何代價，換回媽媽的青春和體力。

但是，如果此刻媽媽回過頭來，真的變得夢中那樣年輕呢？李達忽然打了個莫名其妙的激靈。這時，媽媽剛好真的就轉過身來，發現了他。

「哎喲，這麼早就起牀啦？睡夠了沒有？看你，忙成這個樣子，太傷身體了。來，吃東西。」媽媽看見他，展顏歡笑，但笑容裏也掛滿了憂慮。

李達忽然覺得感動。眼前的女人，眼神疲憊，頭髮淩亂斑白，聲音也開始低沉了。她微笑着，平時下彎的嘴角此刻自然地向上揚起，湧動着頰上的皺紋。但這確實就是自己的媽媽。李達安下心來。他忽然明白了：現實帶走了媽媽惟一的少女時代；自己的夢，卻奪去了媽媽年歲的尊榮。如果要媽媽選擇，他深信，她還是會選擇年老——為了今天漸漸成長的李達。

餅印

對艾米來說，這是個難得無聊的星期六下午。

昨天生日，晚上好多同學們來吃火鍋，一看見媽媽，就驚呼道：艾米你長得真像你媽媽啊！什麼「餅印」、「兩姊妹」、「差點認錯」等超級欠新意的話全湧出來了，讓艾米幾乎想用長木筷打人。

更叫人難受的是邁克。艾米在乎他，他卻一點都不曉得，還說：「星期一導修看見艾米，我們會以為看見Auntie。」她很氣惱，又不好發作，悄悄離開火鍋的圈子，一個人拿了魷魚絲到房間裏吃，剩下媽媽跟大家一起玩鬧。邁克真是太過分了。「面書」上少了許多「朋友」，因為人都來了。艾米沒趣兒，又回到邁克身邊。他竟然又說：「啊，Auntie回來了！」

今天睡到中午才起牀，面書上的朋友重新出現，都在說謝謝，又說東西好吃，還把食物的照片一一發表，但更多的是把媽媽的照片和自己的樣子拼在一起的畫面，他們要讓五湖四海的好友知道艾米和媽媽有多相似。艾米「啪」地關上電腦，取出一本書來打發時間。

艾米早就聽說，每個女孩子都長得像自己的媽媽。不知為什麼，她很抗拒這種說法。看書看累了，把臉貼在玻璃面桌上，眼珠子瞄着自己的倒影，舒了一口氣，其實並不是那麼像嘛。再沿着倒影看到手臂，看到手指。她一怔，手指的形狀真有點相似呢；至於指甲，嘩，這還了得！光看指甲，就知道她們是一家人啦。她猛地站起。媽媽正在那裏義正詞嚴地講電話。

「你是怎麼知道我的電話號碼的？……隨機抽樣的話，你怎知道我姓陳啊？……請你老闆跟我講，我要問清楚是誰把我的個人資料給他的。」

艾米瞄了媽媽一眼。不過是那些商業電話，幹嘛還要跟他們拉鋸？媽媽真是。對方掛線了。媽媽抓起一條魷魚絲，馬上回到她的小說世界裏去，眼睛和舌頭都在享受，津津有味。艾米摸摸自己的長頭髮，偷偷笑了。媽媽的頭髮很短呢。幸好不像。媽媽是媽媽，自己是自己，手指相像就算了，誰會看你的手指？

電話又響起來。媽媽這一次連書都沒放下，頭依然枕在沙發的扶手上，嘴唇邊還掛着一小截魷魚絲。她啊啊啊地應着，輕輕把電話擱在沙發上。艾米從電話的小喇叭聽見對面那個女孩子一口氣講了很久，好像噴槍出來的水彩那樣連成一氣，聲音雖然很小，卻也聽得見那種盡忠職守倒背如流的台詞。背完了，她才發現媽媽根本沒在聽，試探着叫起來：喂，喂？陳小姐？媽媽馬上抓起電話說：是，我在這裏！說完又放下話筒，繼續看書。對方於是繼續她的銷售劇本，像八百公尺的長泳選手，到了池邊不換一口氣，翻個跟斗又接連用力。每次懷疑媽媽不在，媽媽又「喂」了幾下。最後對方很狐疑地掛線了。媽媽的手指在沙發上細細地敲打，她戲弄了對方，肯定非常得意，合着的嘴唇裏竟含着一首古老的英文歌。

艾米快忍不住笑了，但心裏有一點點怪媽媽殘忍。那些打電話來的孩子，畢竟只是打工的。電話又響。這次是找艾米的。

「張小姐你好，請問是不是⋯⋯的機主？我們是⋯⋯」

一聽見這個張字，艾米就嚴肅起來，裝模作樣、粗聲大氣地說：「我是張先生，不是張小姐。你怎麼不先弄清楚？」

對方有點驚訝，結結巴巴地說：「你不是張愛薇小⋯⋯嗎？愛薇難道不是⋯⋯」

「哈，連我的名字都知道了呢！不如我們出來吃頓飯，你就知道我是男是女！小姐你叫什麼名字？我們交個朋友，來，給我你的手機號碼，我請你唱 K，好嗎，小妹妹？」

「對不起，先生！這是我的隱私，請你尊重一點！」

「尊重？你來跟我談隱私啦？」艾米的聲音回復正常：「那你為何知道我姓張，我的中文名，還知道我的電話號碼？我的隱私在哪裏？」

對方一下子掛了線。

媽媽吃了一條魷魚絲，嘴巴和腦袋在動，眼睛卻不動。說完這些話，艾米分不出自己到底是興奮，是生氣還是虛怯，氣鼓鼓地一屁股坐到沙發上。媽媽咬住魷魚絲的嘴唇勉力說了半句話。那句話竟然是 —— 你真殘忍，她畢竟只是個打工的。

媽媽真是，你剛才不是一樣播弄人家嗎？艾米不作聲。

電話又響，這次是個信息。艾米老大不情願地伸手抓起它，啊，是邁克。他送來了一張艾米的照片，是她沒注意的時候他拍下來的半側臉。

正想生氣，發現還有文字短訊：艾米你長得真像你媽媽，是個美女。昨天人太多，我不敢問。—— 我可以約會你嗎？生日禮物還是想親手交給你。請覆。

艾米轉過頭來看看媽媽。她輕輕地挪過去，一下子從媽媽的牙縫裏抽走那條魷魚絲，叫道：我也吃！就大嚼起來。是呀，我真像媽媽，連愛吃什麼都一樣，最重要的是邁克覺得我是個美女呢（其實也不怎麼是啊）。鮮美的味道落在舌頭上。她一面吃，一面用那些和媽媽一模一樣的手指，按下那個早已牢記於心底的電話號碼。

通衢**大道**

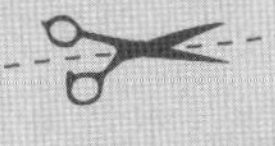

樓下的超級市場暫時結業，要裝修，改換成更「高級」、更有「品味」的大型購物廣場。嘉欣很開心，那麼貨品一定更多，會有好吃的日本番薯，北海道的牛奶和許多不同種類的穀麥片與粟米片，有利減肥。媽媽聽了皺起眉頭。「你還『肥』？不過剛超過一百磅，一米六呢。」

但嘉欣有嘉欣的想法。減肥是胡說的，五光十色的貨架，進口果汁，原個大無花果，巨峰提子，將來就唾「手」可得，兩隻手一起接口水都接不住了。但母親一點不為所動，她想到的只是更貴的價錢，天天減少的街坊小商號，更多沒用的包裝和不必要的購買。嘉欣自然不會跟媽媽抬槓，她只默默地期待着，等着可以穿短褲拖鞋就到樓下「行公司」的一天。

可是，那個巨大的舖位一直沒裝修好，已經等了半年，還只是貼着一張紙，寫着什麼裝修工程進行中。其實哪有什麼裝修工程呢？嘉欣的饞嘴和購物慾，只好暫時由周圍的小店小攤來滿足了。

和媽媽走進那條小橫街，嘉欣很後悔穿了涼鞋，不停埋怨：太髒了，地上那些黑色的水！「回家連鞋帶腳洗一洗不就行了？」媽媽不理她。來到那個小小的蔬果攤，母親開始挑番茄，嘉欣湊過來。「嘩，這些比超市的大多了，很壯實呢。」母親說：「對呀，三個抵五個，那邊的切開來水汪汪的，果肉都在砧板上溜掉了，進不到你大小姐的肚子裏。」

嘉欣隨着母親又來到肉檔，母親要了四件「肉眼」。「什麼叫肉眼？」嘉欣問母親。「哈，小妹妹連這個都不知道？讀中學了吧？肉眼就是沒有骨頭的豬排啦。是吃的那種，不是那些面肉橫生的大姑娘呀。」嘉欣往後退了一小步，動作細細的，目的是不要讓豬肉叔叔誤會她「歧視」。

可媽忽然回過頭來，對她下了一道命令：「叫朱林哥。」嘉欣一時搞不清他姓朱還是姓林的，只瞥一眼他那缺了一公分骨肉的左手拇指，叫了一聲朱叔叔。可對方哈哈大笑起來。

他解釋道：「我姓孫，不姓朱，這個連你媽都不知道呢。」媽果然很驚奇，搖搖頭。他繼續，「朱林，就是豬腩，豬腩肉的豬腩，明白沒？」說着，又抓了兩片骨頭放進塑料袋，說是送的。

嘉欣笑了。不因為這兩塊骨頭，她反復咀嚼的是朱林「哥」問她是否已經升中的那句話。哈哈，都大學二年級了，仍給看作初中生，天天護膚，倒不是白費的嘛。

就這樣，嘉欣開始了替媽媽到小街買東西的習慣。她穿上舊球鞋，背上環保袋，開始懂得俯身挑選硬身的「馬蹄」，有小蟲洞的青菜和長身的雄木瓜。她還知道有些花生沒有包裝，幾元就買得一大包，紅蘿蔔莖葉挺拔青葱、橙紅色的身子閃閃發亮，玉米不會用保鮮紙包住，可以拿起轉來轉去細細地看，淺黃色的小米珠顆顆都飽脹，鳳梨則尚未切片，連莖連葉連皮連釘子整個地賣，戳手，卻香得無法拒絕。朱林哥以外，她還認識了家華，夢露姐，劍雄嫂和「很有型且潮爆高大」的星仔。

一次回家，媽媽把東西放到自己的秤子一量，搖搖頭，說，又「呃秤」了。嘉欣很不是味兒，一來給騙了，二來讓媽媽的壞臉色一時翻起了。「沒法啦，那個超市裝修了一年都沒再開門，似乎租約談不攏了。」嘉欣的語調有點委屈。但媽媽說：「我也習慣了。」

嘉欣有點驚訝，「你明知道呃秤還要接受嗎？這不公道呢。我拿去問夢露姐。」母親阻止她，還逕自泡了一杯濃茶，一面洗菜一面喝，說：「你別放在心上，那是因為小店小攤的租很貴。夢露姐不老實，你明天就去阿星那邊買。這樣，就形成真競爭了，往後夢露就會想辦法把你掙回來。小店子的好處就在這。」

又過了一年多，大型超市的舖位真的重開了。不過，原址早已經變成玻璃閃閃、燈火通明的大商場，裏面還是那幾家「熟口熟面」的連鎖店。超市呢，卻開在原來的小橫街上。朱林哥，夢露姐和家華的人和店子都不見了。只有星仔做了超市的運貨員。嘉欣一次向他問起劍雄嫂，星仔說她患精神病住進了醫院，靠綜援過日子。

小街如今整潔得多，超市旁邊還開了高級餅店和快餐店，陣陣冷氣不分季節地湧到人行道上來。畢業後開始工作的嘉欣每次穿着高跟鞋走過，都會想起腳趾在涼鞋前面胡亂舞動的舒爽。忽然，一個人迎面而來。是脫了工作服的星仔。今夜，他好像老了十年，一點都不潮了，反倒像個因露宿過久而顯得憔悴邋遢的中年漢。換了場景，他認不出她了，兩人掠過對方，好像和歲月擦身而行。

嘉欣的周圍再沒有聲音，只聽見超級市場那傳得遠遠的輕音樂，和自己的高跟鞋應和着它的拍子敲打出來的通衢大道。

懷抱

辯論學會主席、學生會出版部祕書、副領袖生長、東社副社長，青年文學獎新詩組初級組優異獎，宣明會義工，學界女子甲組五十公尺胸泳冠軍，校際音樂節長笛冠軍……琦茗一面填一面問：這個真的是我嗎？中學時的我真有那麼棒嗎？

她走近冰箱，找出幾個無花果乾，胡亂塞飽了肚子，又繼續填寫。原來在大學要申請獎學金是非常麻煩的。媽媽走過，定睛看着她的電腦熒屏，禁不住說：「我的女兒真厲害，Mandy, I am proud of you！」琦茗說：「Thank you, Mom.」不知何時開始，她倆已開始用英語對話。這種情況，爸爸和媽媽分居後逐漸明顯。

過了些時，琦茗在大商場裏看見一個身材高瘦的男人推着嬰孩車。嬰孩對琦茗來說，向來都頗有吸引力，她快步走前去看。那是個差不多兩歲的幼孩。忽然，琦茗赫然發現推車的人正是爸爸。他一身肌肉，完全沒有「肚腩」，身材很 fit 呢。

「爸爸！」她叫起來。他身邊的女子先聽見了，用手推推他，他這才注意到長大了的女兒正站在身邊。這一點點的緩慢深深刺痛了琦茗。她禮貌地笑着説：「爸爸，Auntie，這是你們的BB嗎？」爸爸説：「對啊，Mandy，這是你的妹妹呢。她叫安茗，Annie——喂喂，小茗茗，叫姐姐啊。你將來要像姐姐那樣聰明漂亮才好。」

爸爸説這話，似在褒獎琦茗，但她全聽不見，耳朵的焦點都落在「小茗茗」一詞上。那是琦茗小時的暱稱，他難道忘記了嗎？世界上怎麼可以再有一個小茗茗呢？

她勉強説了句「好可愛呀」就藉口要上課離開了。她不敢回頭看，免得淚水決堤。她無法不去想：爸爸為了襯得起年輕的Auntie，竟然肯每天鍛煉，得出如此結實的體格，這可讓媽媽顯老了。

那天晚上，媽媽和爸爸通電話。媽媽説：「女兒拿到了獎學金。她成績和課外活動都非常棒。下星期要到美國交流，你會去送機吧？」琦茗聽不見父親的回答，只見媽媽「夸拉」一響掛了線，她已想像到父親毫不猶豫地拒絕了。

「媽媽，他又當爸爸了，你知道嗎？小女孩也叫『茗茗』。」媽媽「啊」的一聲，滿不在乎地走進廚房去。過了一會，她走出來，無端對琦茗說：「所以你要爭氣。」過了一會，又再說：「所以，你一定要爭氣。」

琦茗惱了，「難道我現在還不夠爭氣嗎？我爭氣又怎麼樣？爸爸根本不知道我在幹什麼。他那天還問我會考了沒有，不曉得現在根本沒有會考這回事了，而且我已經考進大學一年啦。連這個都不曉得，我再棒又有什麼用？反正他不要理會。」

媽媽皺起眉頭，掉頭走進房間去了，與人喁喁細語地講起電話來，說的盡是英語。琦茗心裏煩躁，在 Facebook 上分享了這樣的一段話：「成績好有什麼用？做領袖有什麼用？我連最基本的東西都保不住。」本以為只不過發泄一下。誰曉得「朋友」們的反應卻令人始料不及。Like 的人很多，少說也有幾十個，不知是不是在「Like」她的「不開心」。

有人 Like 完之後還冷冷地寫道：「想不到我們的高材生也有不遂心的事。到底是誰得罪了她？」有人說：「Mandy 你這樣說話，不怕雷公劈嗎？任憑我多努力，我的成績還是不好，我也從不是領袖，從來就沒有什麼東西真正屬於我。你這樣說，實在太殘酷了。」也有人「安慰」她：「你擁有的已經夠多了，放開點吧。」更有人用尖酸的話擊打她：「鋒頭躉自有鋒頭躉的煩惱 —— 有咁耐風流，就有咁耐折墮 —— 此乃千古不易真理。」真奇怪，這樣的人當初為何要加入成為她的「朋友」呢？

琦茗關掉面書，改看 YouTube。她最愛看的「嬰兒第一次吃檸檬」片段，一不開心就看，但不知怎的，他們今天也不那麼好看了。那些可愛的嬰兒讓她想起了另一個嬰孩，那個面目模糊、但已經搶走她一切的「小茗茗」。

在美國做一年的交流生，日子説長不長，説短不短，對琦茗來説，多少起了一點清洗的作用。人地生疏，她不再是學校裏舉足輕重的人物，反成了無名小輩（連個子都特別小），住在大學附近一個叫做 Brenda 的七十多歲單身老婦人家裏。即使下雪，琦茗還是每天走路上學；白天躲在圖書館，晚飯後絕不外出。這種平靜得近乎真空的日子，反成了她最大的休息。

Brenda 婆婆同樣不大主動，除了吃飯的時間，不會跟她多説話，而她的飯也實在做得不大好吃，用的刀叉碗碟舊得滿布細紋。飯後，琦茗多數會主動洗碗，但兩人的話不多。白天，除了種草蒔花，Brenda 惟一的活動就是彈那個走音的鋼琴和唱聖詩。那首〈我知誰掌管明天〉是她的最愛，幾乎隔兩天就會唱一次，有時一大清早就唱，一唱就一兩個小時，而且唱的老是那幾首歌。

那天，教授感冒，琦茗也沒有什麼精神待在圖書館苦讀，就提早回到「家」裏。一進門，她就發現 Brenda 那個長着大鬍鬚的中年兒子帶着律師來了，來跟他媽媽談房子的業權問題。她打過招呼，趕緊跑回自己的房間裏，但外面説話的聲音還是不斷地闖進來。

晚上，兒子走了。她倆如常坐下吃飯。Brenda忽然說：「Ming，我下學期就進老人院，你是我最後一個孩子了。」香港人（包括媽媽）都叫琦茗做Mandy，Brenda這個美國女人卻喜歡叫她Ming，覺得這樣才尊重她的中國人身分。

琦茗「嗯」地回答，也不敢多問。老人繼續說：「我的兒子要回到老家這邊找工作，一家大小搬回來。」琦茗不大明白，就說：「那不是很好嗎，三代同堂，你也有人照顧了，為什麼還要進老人院？」老人看着她，淒然淺笑。她說：「我年輕時聽說你們都會跟年老的父母同住，覺得他們很膽小、很荒謬，就很看不起中國人。現在我年老了，想法不同了。可是，我們的文化和習慣都不一樣。我知道我愛我的孩子多於他愛我。可是沒關係，最重要的是他知道我愛他，也愛他的家庭。」

琦茗愈聽愈傷心，快要忍不住淚水，卡在喉嚨的一團硬塊讓她幾乎說不出話來，但她還是吃力地問了一句：「那麼誰來愛我們呢？」Brenda呵呵笑起來，用皺得像一片舊地布一樣的手撫摸她的頭髮，反過來安慰她說：「你認識上帝嗎？祂愛我們，祂的愛是惟一可靠的。」

這個晚上，兩人一談就談了兩三句鐘。老婆婆說自己的兒子不但離過婚，而且吸過毒、坐過牢，他第一次婚姻給她帶來的兩孫兒現在已經不知所終，幸好現在他開始認真過日子，又再有了新的家。這二十年來，上帝也給她這個老人預備了這麼一個小房子，讓她一點欠缺都沒有。

琦茗聽後心裏湧動着憐憫，但是，她想，自己也不過是一個過客而已，因此也沒有什麼表示。到了最後的一個月，她和Brenda 的話確實多了一點點，但琦茗仍不敢過分地愛她，因為她太害怕分離這回事。

但分離總是追着她而來。她上機回港的那一天，風和日麗，同學的車子在大門口等她。她用力擁抱 Brenda，這才第一次明白到一雙手臂所能表達的感情。她有意識以來，從未擁抱過爸爸和媽媽。此刻，老人的體溫在她的懷抱裏膨脹，使她的心第一次感到豐富和飽滿。她留下了一張紙，上面用很大的英文字寫了自己在港的地址和電話，還有電郵，才依依不捨地拉住大行李箱，離開了 Brenda 的房子。琦茗永遠無法忘記她一面緊緊捏着那張紙、拄杖而立、一面揮手送別的傴僂身影。往後琦茗想起在美國的日子，這個身影總是首先閃現的。

飛機上，琦茗沉沉睡去。夢裏盡是 Brenda 氣枯力弱但連綿不斷的歌聲。十二個小時過去了，屈曲的腿才可伸直，接觸到真實的地面，琦茗漸漸回到了 Mandy 的身分。終於回到香港。母親的心願也基本上償清：自己的英語有了很大的進步，她該滿意了吧。能令媽媽開心，琦茗覺得這一年雖然過得寂寞，畢竟值得。

步出機場禁區，媽媽的影子從人羣中冒出來。她站得很直，人也精神。琦茗的第一個「驚嚇」就是媽把頭髮染紅了，髮型也變得時髦。她背後站着一個身形巨大的白人，看來至少有六十歲了。他用雙手按着媽媽的肩頭。這一刻，她才知道媽媽這兩三年來漸漸不再講廣東話的原因，心忽然懸空了。

爸爸離去後，琦茗覺得自己還有媽媽，現在琦茗努力用一個大人的心態對着那位老外叔叔説禮貌的話。她不能令媽媽失面子。「Nice to meet you, John.」她的英語非常地道，老外叔叔也伸出手來，琦茗和他平等地握了手。她知道，從此，媽媽不再孤獨，孤獨都轉嫁到琦茗頭上來，而她已經長大成人，是時候扛起媽媽這些年來肩負的重擔了。

又過了一段日子，琦茗畢業了。但爸爸説畢業禮那天沒空來，因為小茗茗在幼兒園裏有表演會，媽媽也不會來，因為她那時正和John在高級客輪上向阿拉斯加駛去。雖是意料之內，琦茗的失落感依舊萌生，打算連自己也不去畢業禮了。幾個要好的女同學卻拉住她，一定要她參加。

「一級榮譽呢，還當選傑出學生，我們不會讓你逃跑的。那天保證你不會寂寞，我們分段陪你。」「我們四個少了一個，可不好呀。」珊仔、四梅和珍珍一直嚷着要她出席，她只好勉強答應了，心裏不停籌算着畢業那天，自己會不會像其他同學那樣收到一束花。她的懷抱，從來都過於虛空，連畢業禮這麼重要的日子也不例外。

畢業禮前夕，琦茗收到美國一個律師傳來的電郵。Brenda 在老人院去世了，琦茗得到了她小部分的遺產和一封信。那本來是幾個月前寄出給琦茗的，但地址抄寫不清楚，於是打了回頭，再由律師掃描到電腦上電傳過來。

Brenda 的信上，寫着歪歪斜斜的古老英文字體：「親愛的茗，如果環境許可，我真的很想參加你的畢業禮。但我患上末期肺癌，很快就要告別這個世界，回到天父那裏去了。你畢業禮那天，請代我買一束花給你自己，什麼花都可以，你喜歡的就行。答應我，千萬不要相信寂寞，因為在上帝的看顧下，沒有人是真正寂寞的。要好好照顧自己，別對任何人有所期待，讓別人對你有所期待吧。常常在主耶穌基督裏記念你的，Brenda」。

琦茗擁着那張樸素的白色信紙，想了很久，最後含着淚水睡去。

第二天清晨，她在回大學的途中，發了個電話短訊給爸爸。

「晚上有空嗎？我想請爸爸和 Auntie 吃飯。我畢業了，並且找到工作，是時候請爸爸吃飯了。請把妹妹也帶來，好想見見她。」小巴在堵車的路上欲前又止。琦茗把手上裝着畢業袍的紙袋抱得緊緊的。她在想，今天晚上就要給爸爸來一個大大的擁抱。

午餐

遠明把話筒輕輕放回電話機，手卻給黏住了；展翎的聲音好像仍留在他的掌紋上，像毛筆上的狼毫軟軟在寫字。一小時後，他站在飯館前面等她。約她，不過要談談近況。他故意選了人最多的地方，以示光明正大。這個館子，他和小佳常到，說不定今午也會碰見她。要是小佳不高興了，他還可以拿這點跟她理論。

但他心裏仍有點歉意。畢竟展翎還是那樣地牽動着他的心緒。那是一種潛藏的拉扯，只在意識模糊的時候才隱約出現，好像將要入睡時臉頰觸磨着棉枕那感覺一樣真實，每次出現，都很快就消失。但如今站在熙來攘往的大街上，他又無端陷進這醒睡之間的迷離緩衝區。

她來了。還是老樣子：一邊走路一邊看書，不時要向讓她碰着的路人道歉。淺色大格子長袖襯衣上，還是那張蒼白的臉，臉上還是那種活在遠方的表情。她走路的時候頭有點側，自然的長直髮垂往一邊，另一邊的給繞到耳朵後。依舊神不守舍、永遠漫不經心，好像連自己有多狼狽都不曉得。快要三十的她，還保留着一年級時那悵然若失的不在場感，只是眼神明顯地疲倦了，深沉了。

遠明心痛起來，一時間只覺得自己虧欠了她，讓她受苦。可一晃之後，他又記起了那段日子。是她沒有選擇自己……不，也不能這樣說，自己從沒有充分表達過什麼；是他沒有給她選擇。直到今天，她還保留着說「我什麼都不知道」的權利。想到這裏，他驀然回到了此時此地，再度進入老朋友的角色，開朗大方地叫了一聲。

「小翎，這邊。」

她如夢初醒，臉綻開了，眼睛透出笑意，把手上的書合上，就親切地在他身邊走，好像那年頭在大學校園裏一樣。他從口袋拿出一張銀行提款機的小單，接過她手上的書，又把那一頁打開來，把小條放進去。「你這樣把書合上，下一次就記不起看到哪裏。」

「由他吧，我總能找回來。」她說。

「還說呢，每一次都得從頭看。」

她笑了，彷彿就站在大學的舊圖書館門前。那時她總是手忙腳亂地在書包裏找東西，他卻一味站在那裏微笑，最後忍不住出手，一伸手就找到。……

來到餐廳時，他發覺她的臉漸漸紅了，眼睛醞釀着一片薄薄的不安。他已經把她的背囊扛在肩頭上。

餐廳裏的人愈來愈多，她的聲音也愈來愈小。他開始談到小佳。她這才慢慢抬起頭來，一面呷着俄國菜湯，一面輕輕點頭。遠明看着她，忽然感到非常荒謬。一種極其虛偽的感覺滲透全身。他在扮演什麼？他在掩飾什麼？為什麼要把無辜的小佳搬出來呢？真可怕。他停住，一下子說不出話來。

他覺得自己已在一瞬之間失足掉進了感情的大水，人隨波而去，不由控制地越過了薄弱的意志之堤，正向着茫茫的命運之海高速衝去，生死難卜。他無力地向後一跌，找尋椅背上一點點物質的承托。靜默把他臉上的偽裝逐片兒融掉。她清楚看見那種深刻的痛苦慢慢地侵蝕着他的額頭、眉毛和眼睛。他垂下臉，忍受着男性的尊嚴在體內此起彼落碎裂的聲音。惟獨他的手，仍可以不停轉動着水杯，像要在清水裏找到答案。

她善解人意地把目光移到別處。兩個人都始料不及，讓記憶沖湧到遙遠的灘頭。但她還能抓住一點什麼，雖然滿身都是磨人的砂石，她竭力從情緒的巨浪中爬起來。女性的直覺告訴她，此刻她必須回頭去救他。

「喂，別傻傻的，快喝湯！」她送上一個頑皮的笑容，然後輕輕揚手，向遠遠的侍應生說：「請你加點水。」

可惜侍應都忙着，只有「好的」一聲，其實沒有人理會她。她把手再舉得高一點。忽然，她在半空中的手掌一下子落入他的大掌裏。幾乎直接反應，她用勁一縮，把手收回桌子下，握成了拳頭。但他手心那種極其震撼的溫度和力量，在少於一秒鐘內已傳遍了她身體的每一角落。她淪陷的肉體的中央，一個小小的、過去的她的哭聲，把她從感受的深淵裏拉了上來。毫無預告，他們之間已經發展出一種難以忍受的張力。其實，她接到他的電話時，已經預感到會出現這種困境。他一點不知道，她肯來，是決心要解決這個問題。對於她，這是必須的，否則她無法看清前路的地標和風景。但是，他連這種起碼的認知也沒有。他對自己的沉溺一無所覺，大概猶在她早已克服的混亂中沉淪掙扎。此刻，他被摔開的手空蕩蕩地浮在桌子上，像一隻被棄置在茫茫大海中的小木船。她清晰的拒絕傷害了他。他坐在那裏，手好久才放回膝上，像一個惹怒了父母的小孩，等候處分。

「遠明，不要難受。」她送來的卻不是責罰。「不要跟自己過不去。」這句話，她也在跟自己說。

他點點頭。她把杯子輕輕推到他面前。他拿起喝了最後一口水，希望膨脹而沸騰的咽喉在冰水的鎮壓下恢復講話的能力。

「來，吃東西。」她說，輕輕用刀替他把牛排切開。他靜靜看着她清潔白皙的手指，強烈地感到她的女性的吸引力，同時也清楚看到了她感情的界限。

窗外淅淅瀝瀝下起雨來。兩人同時把相視的彷徨移往窗外濛濛的春天。他終於想到了一句可以說的話。「糟了……」他說。

「什麼？」

「你從來不帶傘。」他把話說完。

她笑了，慢慢從手提包裏掏出一柄粉綠色的百折傘，折痕整整齊齊的，像一朵等待打開的花。

他看見，心更黯然。她獨立多了。原先那個糊裏糊塗的她，已經漸漸從他的記憶中逸脫。不，他怎能讓她就這樣消失？

「你進步了。」他笑着說。

「沒有，這是阿志給放進去的。」

他心頭又是一震。提到阿志，他更無法適應自己。

那是一個熱得叫人頭暈眼花的黃昏。阿志在古堡宿舍向着南丫島那露台的欄杆上坐着。「遠明，給我十分鐘。」他等遠明走過，等了好久。

他笑起來，拋高壘球手套。對於阿志這句話，他有不好的預感。於是他用調皮來解決。「行。第十一分鐘開始算錢，十元一秒。」

「今天別說笑。我想問你一件事，你好好回答我，感激不盡。」

「那好。」來了，來了。

「楊展翎……是你的女孩子嗎？」

遠明一愣，然後哈哈大笑起來。

阿志卻被他的反應激怒了，定睛看着他，非常克制地說了一句話：「遠明，你太看不起人了。」

「何以見得？」他還是笑。但時，一種沒有名字的恐懼已幽幽地攫住了他。

阿志轉身，消失在走廊盡處，古堡把他的腳步聲放得大大的，透露出一種再無顧忌的決絕。

從此，遠明遠離展翎一切的關切，卻不時調侃她，笑她心情好，笑她刻意打扮，笑她忙。他幾乎不再讓展翎說任何話。

一次，她站在球場邊看比賽，直等他比賽完了，送來一瓶水。他接過就喝，用水瓶的半透明晃動躲過了她期待的臉。

「遠明，遠明，」她說：「我看了一整場比賽。」

他完全知道自己聽懂了她的話，但還是故意歪曲了她的意思，無法自制地說：「這樣呀？真難為你了。」他朗笑起來，「看，難怪阿志今天又來了個全壘打。但他給教練拉住了 —— 你就乖乖等一下吧。」說完就往更衣室走，把她留在稀薄的暮色裏。

到他洗完澡，換過衣服，天色已經完全暗下來。球場上的人都走了。草地上留下熱鬧過後沉重的寂寥。一種時移世易龐大的傷感湧上心頭，遠明的心充滿沒有內容、也沒有對象的悔意。他還太年輕，不知道自己做錯了什麼。為了逃避一點點失望的可能，他把自己推進了絕望的定局。

從小，為了保護自己內心世界的完整和安全，他努力排斥、拆解、凍結裏頭湧動的慾望。成長，是痛苦的事。小學四年級的時候，因為一件很小的事，他讓母親痛罵了半天。從此，他年輕溫柔的媽媽消失了，永遠回不來，身邊只剩下一個既嘮叨又小心眼的中年女人。中二時的班主任也一樣。本來漂亮威嚴的她，不知怎地竟在地鐵裏脫掉高跟鞋打盹，不自覺地把頭顱靠到一個陌生男人的肩上。那個臭男人因為得了便宜猥瑣屑笑的模樣，他一生記得。也許，打從那時候起，他最害怕的一件事，就是深入認識女人。每逢女性在他面前毫不掩飾、真情流露，他的感覺就是自己已經殺死了她，殺了原來的那個她。這樣的事，他無論如何不能做在她身上。

他只是沒有想到，畢業多年後，自己仍然無法脫離這種困局。他失控地反復思索她曾給予的每個機會。這種不為人知的沉溺，大概是他日常生活裏最美好的享受。惟獨在這種祕密而隱私的心情的保護之下，他才接納了小佳。不錯，小佳能夠成為他的女朋友，是因為展翎已經把守了他裏面的要塞。因為展翎，他逐漸對小佳發展出近乎同情的憐惜和內疚，兩人的手就這樣拉緊了。

侍應生終於來了，把他們的杯添滿。盈盈水光中，年歲的高濤讓他明白了更多。此刻，他必須好好地面對自己。

「阿志有什麼打算？」

話說了出口，他自己也覺得可怕。她卻笑起來。

「我們快要結婚了。」她很直接地看到他的眼睛裏。

又是一輪巨浪，剛站穩的雙腳再度一滑，他踉蹌失控，再說不出話來。婚姻，讓他想到的是親密無間的體溫的交流，大概是他感情領域中最神祕也最神聖的一件事。他甚至已經看見阿志把臉埋在她胸前時那種大水滔滔的情慾。他感到強烈的哭的衝動，只是他的淚水已經失去上湧的本能，疼痛的感受在心靈的空間裏掙扎打滾，找不到出路。他感到死亡的黑衣正一層一層捂住自己的嘴巴。他用眼睛伸出最後的求救的手，牢牢看着漸漸消失的展翎。

就在這幾乎滅亡的一刻，他看見了。他看見晶瑩的淚珠漸漸在她的眼睛裏滋長、形成、滾動，最後連串落下。雖然無聲，她哭了。如同向遠明伸出的手，她為他表達了他無法言說的痛苦。她用淚水肯定了他隱藏多年的祕密。她不但知道、期待過，如今更接納了他，證明了她對他的感覺。

他遞上白色的手帕，她就接過，細細抹去淚水。

他開始釋然，發現自己懸空的心漸漸得到大地的承托。雖然他們從來沒有彼此遇上，但互相尋找的過程卻被確定了，認許了，印證了。無憾的滿足，使他有信心渡過這一片感情的大海。

「謝謝你，小翎，」他說：「也恭喜你們。」

雨停了，展翎的傘似乎仍不用打開。他叫來了侍應。結賬的時候，他的心出奇地平和。兩人走到路上，他把背囊還給她，還幫她背到雙肩上。人羣中，他目送她的背影消失，心靈的空間也隨之擴大。寧靜的曠野裏漸漸走出一個人。是小佳。

鏡子

有人說過這樣的一個故事：某大廈升降機不但比較小，數量也不足，要等很久才進得去。等着上落的人都極其焦急、且非常煩躁，但大廈再也騰不出地方來加建一部了。怎麼辦呢？工程師們抓破了頭皮，都想不出辦法來。最後，一個搞清潔的嬸嬸走過，聽見他們討論，多嘴說了句：「鏡子。在等升降機的地方，和升降機內部的牆壁上都裝上鏡子，大家顧得看自己，就不煩躁了。」大家想了想，嘴角慢慢浮現微笑，都認為可行，豎起拇指誇讚那位嬸嬸。她連笑都不笑，說：「沒什麼，經驗而已。」這個方法實行之後，輪候的人真的不再鼓噪，升降機內的乘客也不再有空互相「仇視」了。

站在教學大樓擁擠的升降機內，畢帆垂着頭，用眼角看着鏡子反映出自己的皮鞋。那真是一雙好看的鞋子，這可是他今年買的七雙鞋子中的「最愛」啊！鞋頭不翹，內部寬敞而外表修長，就好像一個「入得廚房、出得廳堂」的女子一樣，必定是最佳女朋友。看着看着，升降機很快就到達地面了。畢帆忽有所悟，忍不住笑出聲來。剛才在裏面的，起碼有十來人，他們都在看着些什麼呢？女的在看自己的口紅有沒有褪色？男的在看領帶結有沒有扁塌？小孩在看自己裝出來的鬼臉？老人在看自己的黑頭髮還剩下多少？總之，有鏡子的地方，我們就再看不到別人了。

走出升降機狹小的空間，畢帆逆向走進了輪候廊的人叢中。升降機內一行人還沒完全出來，等候的人已經迫不及待地衝着他們往裏走。畢帆瞥見了菁菁。她可沒有看見他，因為她臨進入升降機的時候，還在瞄着牆上的鏡子，撥弄頭髮。畢帆站定等她回頭。她沒有。到她消失了，他卻有點後悔自己沒先叫喚她。

其實認識以來，菁菁都是這樣的。在兩人嘗試走在一起的這一段既模糊又曖昧的日子裏，她從來沒「看見」過他。她只看見自己。她找他，無非要他幫忙影印、借書、為她分析教授話裏的深層意義，與她聊天，她傷感時陪她去看日落。想到這裏，畢帆失笑了。她那雙總帶着幾分迷惘的眼睛，其實從來未曾落在自己身上，連一次都沒有。而她，也不曾成為自己「真正的關懷」吧？垂下頭，他又看到腳上那雙線條優美的鞋子，它很美，但給他踹在腳下。

晚上，他寫了一個電郵給她。他說：「我們是這樣地相似，以致我看見你的時候，如同在照鏡子。如果你不介意，我們也許可以嘗試看看對方的背影。沒有人在照鏡子的時候，可以看見自己的背影，對嗎？假如，這個背影能夠在彼此心中喚醒一點點的懷念和依戀，我們就可以更清楚、更明白自己的面貌。到時，你會看見我，我也能夠看見你了。」他關上電腦之前，把桌面的背景更換了，那是一個非常寬闊的海灘，和前面更寬闊的海洋，陽光下一直向遠方延展。

下山路上

一行人從後山的太平索道下山，結束了三天的黃山之行。丹尼最滿足，他身上的腳架、長鏡頭、照相機和大批膠卷，加上那個巨大的背囊，都沒把他的嘴巴壓扁，他還是滔滔不絕地跟郭強說着每一張照片的拍攝過程。郭強拍了更多，他只是寡言。阿歷自然不說話，他是來寫生的，帶着梵谷小號盒裝水彩和畫架畫筆，不重，但很瑣碎，山路上行人卻多得像旺角西洋菜街，從前山走到後山，幾個小時了，根本沒有空間坐下來畫畫。他歎了口氣，對郭強說：就靠你倆的照片了。珊仔呢？既非來拍照，也不是來畫畫的，她只是愛遠足，愛山，愛艱苦地運動。水水也來了，因為珊仔力勸她來。珊仔是她的死黨，兩個女孩，一山一水，一個膽大包天，一個膽小如鼠，宿舍裏的人都知道她們從小就一起上學，中學分開了七年，大學又在宿舍迎新活動遇上，自然地成為同房。

太平索道的吊車非常大，可以坐幾十個人。他們一看完日出就上車了，人還很少，同車的只有四五個上海人。上海人扯盡了喉嚨説話，腔調像在唱京戲，但語言不盡相同，對廣東人的耳朵來説，上海話比北京話有「蠻力」，和兩城的經濟威儀成正比。上海人雖然已經年紀不小，但在盡情搞笑，很歡樂的樣子。一個大嗓門的中年胖子聽見珊仔説廣東話，就主動問：你們是從廣州來的嗎？珊仔用不大流利的普通話回答：不，我們是從香港來的。

對方一聽見這五個「孩子」是香港人，不知何故，竟更興奮了，高聲道：「來到了黃山，就知道香港小啦，是不是？」他繼續，「走來走去，都不過海洋中心，尖沙嘴和中環。幾回下來就都走完了。」

珊仔有點愕然，還未懂得回應，對方就圓滑地「兜」住：「不過，地方小呢，特別好管理，香港因此管理得特別好，比我們上海還要有條理。在香港買名牌特別有信心。」

他説了好多個「特別」。珊仔的「文火」漸漸給點燃起來了，但她很謹慎，輕輕道：「我同意，香港很小，香港從來就小。可是你們肯去看的地方就更小了。香港的四分三是郊區——我們有二十幾個郊野公園和超過四十多片海灘，你們可能只去過淺水灣，是嗎？連綿成里的長沙大灘去過沒？」

「有嗎？在哪？」

「在大嶼山南部，碧海藍天，只幾片彩色的滑浪風帆，美極了。」水水用很清澈的聲音說。她去過，一說起心神嚮往。

「至於名牌手提包，大部分香港人都不愛用，倒幸得你們來買。」丹尼補充。

男人問：「為什麼不買呀？我們乘飛機過去買耶！保證是正貨嘛！你們這麼方便竟然不買幾個，難道香港人都已經這麼窮啦？」

不多開口的阿歷忍不住說話了，真難得，「我是讀視覺藝術的。我認為那些名牌設計得頗為難看。」

水水道：「而且它們太重了，不好拿。拿個環保袋更方便。」

珊仔更詳盡地分析：「還有，名牌很貴，花這麼多錢，值得嗎？況且，你拿着一個，人家一定以為你拿的是A貨，這就委屈了（因為沒有人信你肯花錢買真貨）；而且A貨實在造得一模一樣，難以分辨，到深圳就能買到，被人誤會是當然的。不過話說回來，用A貨是侵犯版權的行為，不光不道德，更是犯法的，我們都不願意這樣做。算來算去，只有兩者都不買了。」

胖子的女伴尷尬且驚訝地看着他們，開口問：「你們都是大學生吧？」

「是的。」

「是香港大學嗎？」

「不是，香港有八九家大學，各有特色。」丹尼說。

「到過上海復旦嗎？我女兒和侄兒都在那兒讀書，要考得極好才能進去呢。」

丹尼回答：「到過，我去年就是去那兒交流的，在校園裏住了半載。」

「那是全國三大之一，很難進的。」胖子叔叔情緒繼續高漲，更大聲地說。

「港大是全亞洲第一名。阿歷考進去了，但他沒去讀，反而來到我們這所小大學念視覺藝術。人各有志。」丹尼儘量有禮地回答。

這時吊車進站了，一直不大說話的郭強忽然伸出手來，跟胖叔叔握手。他說：「歡迎到香港來。我跟珊仔是山迷，你們來了，不要再去太平山頂或商場，我帶你們去看看給《時代週刊》評為全亞洲最佳遠足地方的『龍脊』。」

「比黃山怎麼樣？」胖子盡最後努力，一定要他們承認黃山比香港好。水水讓他很滿足，「當然是黃山雄偉。」

胖子一行人笑逐顏開，榮耀地下了車，消失了。珊仔笑水水：「我以為你昨天怕得只看見前面的石級，竟然還知道黃山雄偉啊。」

水水扁嘴道：「所以我有點崇拜它 —— 但我不屬於它，它太陡峭了。」

郭強走過來，低下頭，認真地向她說：「水水，就憑你這話，我要追你，我會帶你走遍港九新界的山。珊仔，你不得隨來。」

大家起鬨了，誰都知道郭強的目標是水水，但他藉此機會表白，豈有此理，竟忘了是珊仔一直在幫他。

一行人更深入地走進安徽淳樸的白牆黑瓦的民居裏，走進金黃色的毛竹叢中。丹尼回過頭來看看背後的黃山，輕輕對剛坐下來畫畫的阿歷說：不枉此行，我們的國家真美。說完也開始安放他的腳架。聽着他們說得一塌糊塗但嘴裏還是不住胡亂說的普通話，珊仔撫摸着一株陌生的毛竹，突然覺得自己和這些同學比往日任何時刻都親近。

一程

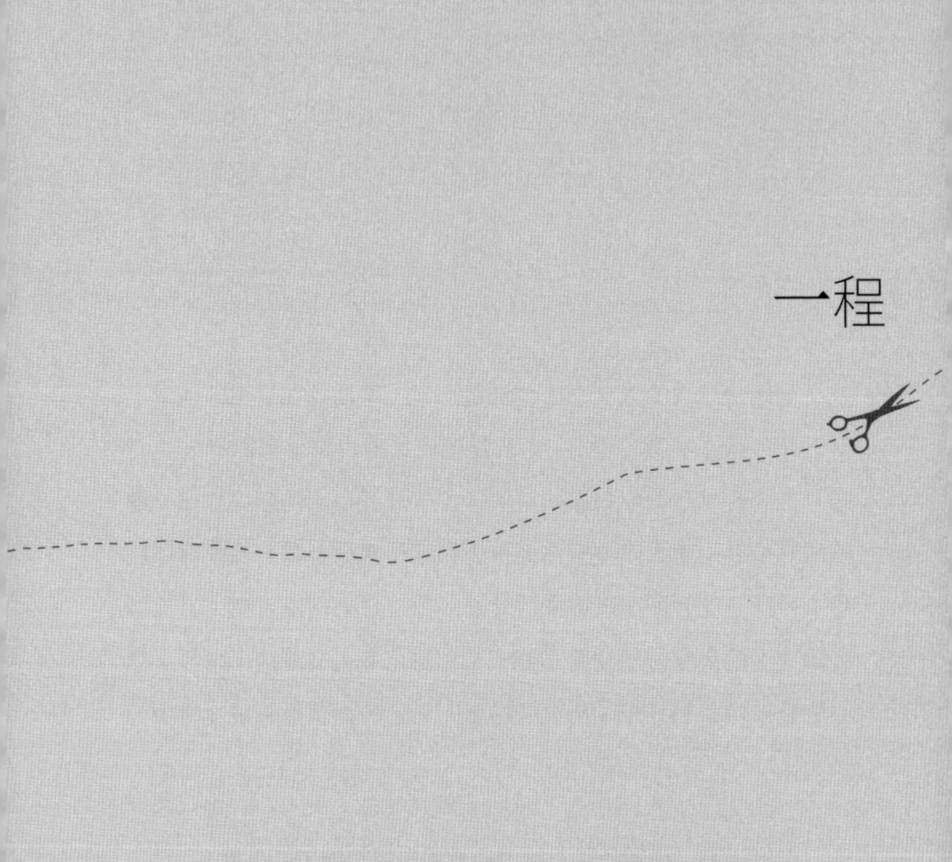

阿剛決定放棄人文系學位的這一天，剛開始放暑假。他本要升上四年級了。藹心勸他：「不若想一想再決定，到開學才打算吧，也許政府會給你很多 Grant and loan 呢。」阿剛搖搖頭。醫院的院子裏，兩人頭頂上那老榕樹撒下綿密的鳥聲，涼風陣陣吹過，稀釋了從大路那邊襲來的暑氣。藹心買來兩罐可樂，為他擦去罐頂上的塵埃，又拉開小蓋子，送到他又大又瘦的手掌裏。藹心總是這樣柔和仔細，輕輕地提議，又輕輕地讓提議被他堅決的搖頭抹掉，好像什麼都沒發生。

昨天夜裏，阿剛的爸爸剛因心臟病發突然離開了世界。

媽媽大半年前得了肝癌，住在同一公立醫院，估計也熬不了多久。不幸中的大幸是不久前阿剛遂了父親心願，考取的士駕駛執照。這一兩年，爸爸常說累，課餘，他就代爸爸開車。媽媽確診肝癌以後，阿剛更不得不勤勞一點，因為爸爸要到醫院去照顧媽媽，家裏的生活費就只能靠下課後的阿剛去掙取了。爸爸常說，幸而早年供滿了這個的士牌照，否則一家人就更慘了。

消息傳來的時候，阿剛正在當夜更。一個女客喝得醉醺醺的，一味投訴阿剛讓她暈車。阿剛實在也想開得快一點，他希望多載幾個客人。女客一面用粗口罵一面說要投訴，最後吐得他的車廂一地都是，冷氣裏臭氣沖天。阿剛正一點一滴地清理着，電話就到了。

爸爸死在醫院裏，不錯，就在醫院，暈倒於走廊的座椅上，在醫院裏失救，在醫院裏那些匆匆奔跑着的醫務人員凌亂的腳步間漸漸冷卻、僵硬，旁邊是一張翻亂了的報紙。它彷彿正以雜亂的世事和不同等次的各種關懷的偉大，對照着一個過勞的城市中年男人生命的微小。

電話響起的那一刻，阿剛正擔心着父親回來看見車子給弄髒了會怎樣罵他。不過，電話裏傳來的卻是媽媽衰微力竭但極度激動的痛哭。原來父親從黃昏就坐在那裏，到了午夜，才有人發覺他並不只是睡着了。

三年前，媽媽知道阿剛考上了「小」大學的人文學系，非常不悅，就在他面前哭了起來。有一刻，他真的以為自己很不濟。媽媽不大知道人文學是什麼，但她知道，阿剛的表哥表姐考上的醫科，鄰居的姐姐考上了精算，而伯父的兒子考上了系統工程加商科雙學位課程；最不濟的、住屋邨的阿姨的養女也考上了最高學府的文學院。因為阿剛爸爸是的士司機，而伯父是工程師，母親一直耿耿於懷，從小就逼迫阿剛夜以繼日地溫習。出人頭地，不必出太多，媽曾明言 —— 只要比堂哥好一點、比表哥表姐高一點就行了。

從小到大，阿剛確實就只是比他們好一點、高一點 —— 直到大學放榜的那一天。他們小時候總在玩遊戲機，阿剛看書。到他們開始看漫畫，阿剛已經看小說了。升上高中，他們一點課外書都不看了，阿剛已經讀透了中國的歷史和西方的哲學。他們考進大學，連魯迅兩字都不會寫，阿剛已經安然渡過了他對杜斯妥耶夫斯基的迷戀，到達彼岸的葉慈。但是他們進了「大」大學的大大系，阿剛只進了「小」大學小小的人文學系。

從小到大，天下間似乎只有父親有點明白他。阿剛高中時，爸拿着啤酒罐對阿剛說：「我不知道你常常看的到底是什麼書，但我知道你確實是在看的。如果你答應我，不要光看書，也學會開的士，你就繼續看你的書吧。我做阿爸的，有責任保證你不會餓死，只此而已。」阿剛聽在耳朵裏，心頭一寬。他覺得自己也該令爸爸心頭一寬，就聽了他的話，馬上考了駕駛執照，最近又考取了的士牌。他只是沒想到，這部的士和這個牌照，現在已成了爸爸留給自己的惟一紀念。

藹心抬頭看着樹冠説：「都讀完三年級了，阿剛，如果你需要錢，我可以借給你，請你務必完成學位。」阿剛説：「大學畢業，不過每個月掙一萬幾千，我開的士，比年齡大的阿叔眼明手快，又不用交租，能掙兩萬元。」他扭頭看看藹心，竟然嘗試着説笑：「請你以女孩子的身分告訴我：你會做一個的士司機的老婆嗎？」藹心對他這樣的玩笑非常反感。「你還想着娶老婆什麼的？你爸才走，你媽媽的病也愈來愈嚴重了。先去陪陪她。來，我們上去吧。」

阿剛站起來的一剎那，忽然感到暈眩不止。他扶住大榕樹，喘起氣來。藹心從他的褲袋掏出哮喘噴霧，讓他吸了一下。「可不要連你都病了……」藹心説。但阿剛心裏其實是這樣的期望着的。他一病，病倒在牀，大概就不用面對這一切。

他快步向着醫院的大樓走過去，把藹心留在後面。他怕自己多話，就連心頭最後的祕密都泄露出去——他竟然想媽媽快點死去，好讓自己忘記一切，從頭開始。但同時，他感到空中有另外一個自己，正虎視眈眈地審視着地上爬行的那個卑污而畏縮的靈魂。

他不是不愛媽媽，他只是再也受不了這許多的折磨。他可以選擇一次過熬完這接二連三的生離死別嗎？爸爸這樣突然死去，能夠上天堂嗎？為什麼自己會想到甚至期待天堂而恐懼地獄？媽媽呢？她真真正正的痛不欲生，心裏痛，身上到處都痛。為什麼別人的父母可以活到八、九十歲，而自己的爸爸和媽媽只能待到中年？

想着想着，他忽然感到自己一直拒絕的上帝正用憐憫的眼睛緊緊地追着他。「走開！」他叫起來。藹心嚇了一跳，以為他在罵自己。豈料他突然回過頭來，霍地伸出雙手，毫無預告地把她擁在懷裏。他的身體在抖，很無助，也好像很害怕。無聲無息地，他的淚水注入了她剛剛洗淨的夏天短髮中。

媽媽實在很痛。醫生為她安放了一個按鈕，她受不了的時候可以按這個鈕，多注入一點止痛藥。他坐在媽媽牀邊，和她說不了幾句話，她已按了好幾次。藹心買了粥來，餵媽媽喝下兩小口。藹心很安靜，小聲對媽媽說：「伯母，我很關心阿剛，我會把他照顧得好好的。」媽媽聽了，眼睛忽然湧出難以掩飾的淚水。她已經瘦得像用幾根羸弱的竹子搭建成的「人架」，只有眼睛一直沒有縮小，還相對地放大了。她拉着藹心的手，忽然問：「人死後真的會到那兒去嗎？」阿剛聽不下去了，就藉故上廁所。門一關上，他就咬住牙齒不停地抽氣。好久好久，氣管放鬆了。出來的時候，母親已經睡着。藹心說：「你媽媽接受了基督。」阿剛茫然看着藹心，好像弄不明白她的話。但媽媽的臉確實祥和多了。那個晚上，她在睡眠中離世。

後事從簡，一方面因為阿剛沒有錢，一方面因為阿剛沒心情，如果不是藹心一直在打點，可能更草率了。但因為媽媽信了（阿剛也只能相信藹心的話）耶穌，藹心就從教會請來一位年輕的傳道人，免費為媽媽主持安息禮拜。阿剛又看見一些完全不認識的陌生人在禮堂裏彈琴唱詩。傳道人出來講道，說到復活，又說到永生，阿剛幾乎冷笑。如果上帝真的存在，他的日子怎麼會過得這樣悲慘？

就在那一刻，傳道人說：「沒有人的生命不是悲慘的，你看我過得好，我看見你很快樂；但其實我們自己曉得，人人都寂寞，人人都自卑，人人都在不公平的世界裏被矮化，又在欺負更弱小的人的困境中受到邪惡的捆綁——人人都不快樂，除非他經歷到真愛。」這種論調爛死了，阿剛想：「父母都沒了，還有愛嗎？」但傳道人說着說着，就說到藹心頭上來。

他說：藹心天天為阿剛禱告，並向他媽媽傳道多時了。阿剛不在的時候，她一直在那裏照顧伯母。有時時間用得太多，須要徹夜無眠地趕作業，醫生來了，她又得充當家人，記錄醫生的話。她還帶來了好些流行小說，點滴讀給媽媽聽，為她解悶，後來鄰牀的幾位阿姨叫她讀大聲一點，她讀得連嗓子都幾乎打不開了。

因為她的好，鄰牀的阿姨都相繼信了耶穌。傳道人其實只想證明一點：愛是存在的，但不是每一個人都能夠領會。說到這裏，阿剛看看藹心，這才發現她瘦多了，暑假以來，她沒有間斷地留在媽媽身邊，侍奉如同親人。他不再抗拒傳道人的聲音了。他看着安靜如水的藹心，思考着她難以置信的愛心究竟從何而來。

安息禮拜完成後，堂哥和表姐走過來安慰阿剛。堂哥說：「你女朋友人真好。」阿剛溫和地糾正他：「啊，她不是我的女朋友，只是我的好朋友而已。」堂哥表姐嘩然，笑着斥罵他，好像忘記了那地方是靈堂。

親人離去，藹心仔細地點算好物資，把超乎想像地多的帛金全交給阿剛。「我走了，阿剛，好好休息。」說完就離開了，留下他和堂哥。阿剛沒想到，是次一別就是一年。她不上網，連電話號碼都改換了。朋友說她去了捷克做交流生，一年後才回來。很明顯，她聽到了他和堂哥的對話。他記得，站在靈堂外面的那一刻，電話在褲袋裏震動起來，是系主任打來說要見他的。同樣明顯，喪事一完，藹心就把阿剛的事都告訴了最疼愛學生的陳教授，她知道系裏有人照顧他，才安心離去。

她的背影好像已經燒烙在他的眼皮裏。阿剛忽然發覺，自己總是太遲。他希望為父母做點事的時候如此，發現藹心的感情時亦如此。一個人的日子，阿剛最常想起的，是藹心對媽媽說的那句話：我會把他照顧得好好的。

一年後的一個深夜，阿剛把車子泊在一旁點數當夜的收入。差不多了，課餘兼職，能帶來這點錢就很足夠。正要把的士駛回停車場，一個讓他莫名地激動的身影閃現在眼前，愈來愈接近，愈來愈清晰，最後立體地鑲在路旁，像一個以「等候」命名的雕塑。是藹心，她正在等的士，等的時候，一點動作都沒有。

天色太黑了，藹心拉開車門，並沒發覺司機是阿剛，只把地址細細說了一遍，聲音還是那麼清澈，微小，但清楚。阿剛點了頭，一直沒做聲。他細細地開車，生怕搖醒了什麼似的，這一程車，一定要開得完美，這是他對她最真摯的回禮。到了藹心的家門，她掏出三十元來遞給他。他收下了，趁她在整理手提包，馬上從右邊匆匆走出，繞到左邊，為她拉開車門。

此刻，他俯身叫了一聲「藹心」，然後伸出手。這一次，是他把她從狹窄車廂的黑暗中拉出來的。他打算：拉着了以後，就永不放手了。

匿名

——只要信息數度迂迴，
我們確信的一切，就有可能變得模糊。

(一) 匿名信

那時，我大學畢業才幾年，出來工作不久。辦公室裏有人寫信向公司頂層投訴張曼麗。是匿名信。那個月，Keith Wong 剛剛升為總經理。

聽說 Keith 接到上司給他看的信之後勃然大怒。「哼，竟然發黑函！不署名的話，什麼毀謗、中傷的話說不出來？想不到我們公司竟有這種員工，shame！」他一手把信遞給我們的部門總主管：「Fred，你來處理。我絕不會為這種人花時間。」據聞 Fred 打開一看（我再說一次，此乃「據聞」），出了名客觀平和的他臉色陡然下沉。

信裏主要指曼麗不但辦事水平低，還經常撒謊，甚至篡改會議記錄掩飾過錯。寫信人又指名道姓地控告 Fred 事事包庇她。

Keith 的祕書說他和 Fred 見面的時間不過五分鐘，但牽涉此事的人 —— 連同匿名信的作者 —— 已有四個，輻射開來，更是多不勝數。但是，他們之外，誰都沒看過那封信，也許我們還不夠「高層」。

這封黑函，Keith 接了，他的祕書看了，總主管 Fred 也讀過了。祕密讓兩個人知道，就成了祕聞；祕聞讓三個人知道，就成了新聞 —— 何況這裏總共四人？此事的風聲不脛而走，中午之前，大家都知道了。這一類消息，我通常是最後一個才曉得的，不因我不夠「八卦」，而是我反應比較遲鈍；但如果連我這個「背」人都得聞點滴，大概不會是全假的了。

(二) 曼麗

從總經理室出來時，曼麗的臉白得像漂過的紙，隱約透露着苔蘚累積的暗青。不過，她一貫地溫柔嬌媚，一點鐘未到，就拿着飯盒到微波爐去「叮」，以其高位，還帶家裏的飯回來吃，其實也不失儉樸賢慧。她在茶水間門口碰見阿鋒，二人客氣地欠身點頭。一瞄阿鋒的表情，曼麗就知道此事已經「通天」了。不過她還是友善地和他打招呼：「你們今天又去飲茶啊？」

阿鋒不置可否地要笑，卻一時扯不動臉上的皮肉。就他的立場，跟曼麗「這種人」打招呼有損他的清譽人格，不打招呼呢，卻又傷害他的風度器量。老實說，這兩者他都想要，他顯得非常尷尬；位處茶水間門外的我看得一清二楚，心裏好笑。

有些人錯是錯了，勝在儀容討好（例如曼麗）；有些人永遠是對的，壞在一副黑肉苦瓜臉，讓人望而生畏（例如阿鋒）—— 許多的不公平由是產生。曼麗的聲音有點顫抖，像那些咬着麥克風噴氣吐出抒情歌詞的小女孩，唱到高音時會變成小貓的哭聲，雖然明顯力有不逮，卻楚楚可憐。她撥一撥長髮，一副退讓謙卑的神態。我們的「尚宮大人」今天拿着飯盒離去的模樣，如同小婢。

茶樓裏，我們幾個圍着一桌子蝦餃燒賣排骨牛肉做默劇似地吃着，誰的咀嚼聲最大都聽得一清二楚。氣氛有點僵。其實曼麗和被指包庇她的 Fred 都不在場，我們可以像平時一樣高聲罵他們、怨他們，嘔吐一樣狠狠地噴苦水。

可是，此刻誰都不作聲，因為人人心中有數：匿名的投訴者就躲在這些飲着同一壺普洱的人中間。按理此人應記一功，因為他（或她）把大家對曼麗的鄙視和對 Fred 的不滿都向總經理 Keith 說了出來，下情因此得以上達 —— 但是，為何無人舉杯慶祝？

茶樓裏，我低頭吃着糖漿蛋散，嘴巴黏黏的有口難言，於是胡亂說了些無關宏旨的呆瓜話。可是我的腦袋在轉。如果今天這人可以暗中出手對付曼麗，說不定將來也一樣躲在無人看見的角落伏擊對手，而這「對手」，可以是我們任何一個，包括最「遲鈍」的我。

我沒忘記：部門裏人人都一度坐在這張特定的圓桌周圍與曼麗談天說地，天天如是，從買樓投資說到金融海嘯，從教養孩子說到應付翁姑，從該到何處上學進修說到是否能夠轉職跳槽，可謂無所不談。如今曼麗當上了組長，大家不服，心中生氣在先，找她的錯處在後；找到錯處就用來做生氣的論據，論據多了，就寫匿名信投訴。我看在眼裏，不免深感白色恐怖的陰寒。我們都不是聖人，難保不犯錯。匿名者之所以不暴露身分，目的當然是保護自己，可是，他（或她）保護自己的方法，就是令所有人都背上「祕密警察」的嫌疑。被這樣的人在暗處冷眼注視，難道不可怕？

於是人人都忙不迭證明自己的清白——免得被 Keith 感性地指為恬不知恥，被 Fred 冷靜地詳盡記錄在案。我想：假如曼麗過得了這一關，保住了她的部門主管地位，我們更可能遭她暗中報復。我偷偷察看每一個人——大家（這當然包括我自己）都很可憐。這匿名的投訴者真是高手。匿名信一發出，就連大家平日最基本的共事之誼也毀了。

但誰在乎？午餐既然不是免費的，我們沒理由不先好好吃一頓。

（三）阿靖和阿鋒

席間，有人忍不住，開始用試探的口吻説三道四，細細交流着各種有聲無聲的猜測。一個説：「這太不道德了。」聽者問：「你是説曼麗的所作所為？」對方答：「不，我指的是發匿名信這種做法。」這時我看見阿靖偷偷點了一下頭。動作很輕。之後他馬上垂頭搶救一個小籠包濺出的湯汁，企圖掩飾不慎表露的立場。

他動作雖小，我卻收到強烈的信息，好像和他接通了線，他的感覺，直接傳送到我心裏最動盪的地方：我和他一樣，並不害怕曼麗這種魯莽而愚蠢的女人，她只會胡亂犯錯，然後文過飾非，行動路線可以預料，不難對付。我們對隱藏在道德面具之下卻近在咫尺的莫測機心反而大大恐懼。——真的，到底是誰寫了這封未簽署的信？

我又逐一細看身邊的同事。他們的嘴巴在動，發出吞下流質的聲響和胡亂搭訕的語音。暗箭就插在這個親和熱鬧的飯桌上，叫人心裏發毛。

我再看看阿靖，一如所料，他笑着，但快要睡着了。他平日極怕事，卻吊詭地總能給我莫名其妙的安全感。他發現我在看他，也扭頭看看我，像做錯事的孩子那樣，對我歉疚地笑了一下。但這種「say sorry」的表情作不得準。他就是那樣，即使極少做錯事或開罪人，樣子卻總像欠了誰的債，因而充滿贖罪的謙卑。蓄六十年代短髮的他幾乎每天都穿着最潔白的襯衣，扣子扣到上喉頭，做事像英國紳士那樣「密密實實」。他雖然睡眼惺忪，仍不停把點心夾到同伴的碗裏，而且保證每個人的杯子裏都有最新鮮的茶。皮膚白皙五官端正毫無瑕疵的阿靖無疑是個美男子：他的斯文、清潔，領帶結的不偏不倚，叫任何上了年紀的女士一看見他，都希望能成為他的岳母（不是女友——他的好，好得周到，實在無法不讓人產生疼愛的感覺）。平時他還有一點點話説，什麼健康資訊、名人行蹤、養貓心得、哪一家銀行的信用卡優惠最多……他的冷知識甚是豐富；從來不講是非，若真的要表態，則只講是而不説非。不過今天他安靜得像個千年冰湖。可惜千年冰湖也有千年冰湖的弱點——天色怎樣變，湖的顏色就怎樣變，雖無言語，阿靖的眼睛裏湧動着深沉的憂懼。他怕的大概是自己的生活秩序被干擾，無法收拾。最有趣的是，他太久不説話，就會睡着。不過對着一整桌熱騰騰點心打瞌睡，也實在太滑稽了。可惜在這個社會裏，所有的好人都不免顯得滑稽。會是他嗎？如果信是他寫的，他這多年來的不問世事，豈不都只是個布局？那樣做人太辛苦了吧？但這並非沒有可能的。小學同學來我家聚會，一個女的看見我桌上胡亂放着的公司照片，就指着阿靖，一口咬定他是她健身中心的兼職教練。當時那一驚非同小可。一秒鐘後，我幾乎感到自己被迫代阿靖分辯：那不可能！可是她堅定不移，説阿靖不但教健身，還是空手道高手。

阿靖如此難以置信，阿鋒一樣出人意表。阿鋒起初也極力保持沉默。但不久他就無法忍受了。我看着他的眼睛慢慢變得細長，眼珠子滑向一邊，落在鄰座的茶杯上，就知道他生氣得快要爆炸了。認識他許多年頭，我從未見過他真正平靜下來。他是個典型的急性子，人非常實際，和阿靖一樣，自保意識極強，但阿靖自保的方式是沉默退讓，他自保的方式卻是用言語不斷發動攻擊。身為男人，他牙尖嘴利得使人咋舌。一如平常，他今天開口就對每一層的上司大肆抨擊，除了他的「朋友」，所有人都「無sense」、「無料到」、「無領導才能」——Fred和曼麗尤其如此。我最佩服他聲音響亮，説話快而有節奏，每個字都咬得清晰準確，像唱粵曲的老倌，即使表達歡喜時也是咬牙切齒的。阿鋒用詞更是準確無誤，世界上哪有運作得這麼快的腦袋呢？他只比我高兩屆，卻好像勝過我一個世紀。更要命的是他人也長得好看，皮膚黑而亮，臉頰帶點健康的紅，頭髮短得不能再短，肩膀寬圓，早些時尚未發胖，還是個使人一見傾心的陽光男孩（如果説他是健身教練，我馬上就相信）。他笑的時候，可以非常帥氣（在大學時他確實比較愛笑），嚴肅的臉譜破開，底下是小孩子的天真爛漫。他潔白而整齊的牙齒總教我眼前一亮，無論看了多少次，依然愛看，因為他一笑，平日那些刻薄饒舌懷才不遇的伯父酸餿氣就會消失淨盡，歲月也必鏗然倒退，叫他瞬間年輕十載，又回復大一生的模樣。阿鋒是真的聰明，更難得的是他非常自律，他的業績因此也好得無比。最使我不得不讚歎的，是他能夠夜以繼日、馬不停蹄地工作，大家都曉得：到了年底他總能分到最大數額的花紅。不過，他總是想不通：為何上司一直説極度欣賞他的能力，卻沒有讓他升職。我覺得那是因為他有點小器，永遠對別人的優點視而不見。人家有任何成就，他就説對方幸運、擦鞋什麼的，在他眼中，許多人都徒負虛名，毫無實力，沒想過人家夜闌人靜時下過什麼苦功。記得那一年他們升了達均，大部分人都覺得很合理，阿鋒卻氣得幾乎要辭職。

人若其名，阿鋒舌如利刃，而且句句「包住骨頭」，貶抑他人成了他戒不掉的壞習慣，他還認為自己永遠站在正義的一邊呢。不過，阿鋒有頗多的聽眾，因為他講話吸引力極強，且充滿笑點，靈動活潑之中不忘適當地幽默自嘲，只要有他在，一定沒冷場，他正是香港人口裏「轉數」極高之一族；只可惜他偏激成性，如果説大家對曼麗都有幾分不滿，他對她就有幾百分痛恨。早一段日子傳説曼麗將會升為我們的部門主管，他就恨恨地宣告：「我決不容許一個女人做我的上司！」（結果諷刺得很：接下去的幾年，阿鋒頭上出現了好幾層的女上司。）當時他為曼麗掌權一事怒不可遏，但是，今天，席上的他和阿靖一樣，儘量避免公開譴責那個匿名的投訴者，對他（或她）處處留有餘地，看來他相當認同那人對曼麗的指控，因此，話語間流露出對這被總經理罵為

「無恥」的作者大大地包容。這樣一個無事不宣之於口的男子，雖然滿腔憤怒，卻也光明磊落，怎麼可能躲在一個房間裏恨恨地寫匿名信？如果真的是阿鋒，我會震驚不已。可是，他實在痛恨曼麗。而且，阿鋒也有讓人捂嘴抽氣的地方——他原來是「大富翁」遊戲國際賽的香港代表，週末還在一個叫做「成功素質」的中心做歷奇活動導師，教人通過各種活動擴闊心胸、打開視野、廣交朋友、創造雙贏局面和享受快樂人生。如果不是他再一次在大富翁比賽中獲獎，大報的記者都趕來訪問他，我們還給蒙在鼓裏呢。其實我一點都不認識阿鋒。

（四）Lucy

阿鋒經常處於工作狀態的顛峰，魄力驚人，有時看見他感冒了，吃藥吃得好像油缸太小的汽車，要到加油站頻密進服，但依舊馬力十足。坐在另一邊的Lucy呢？情況相若，卻又有點不一樣。她永遠處於不必要的緊張焦慮之中，馬力是夠的，但引擎經常因此過熱，久久無法冷卻。因為她實在太敏感了，常常認為別人欺負她。陰謀論的人一般比較神經質，這也不奇怪。我從來沒見過她安安樂樂地鬆弛下來，這就怪了。不過，比起阿鋒的槍林彈雨，Lucy帶着些許有硝煙味的笑話不過是一些尖聲怪叫的信號彈，沒有殺傷力。雖然有時她也忍不住說些尖刻話，但你感覺到她其實一點不喜歡自己這樣做，所以我常常從她的臉容看見一個和自己角力的選手。但誰若直接戳破她，她角力的對象就會馬上改變：削得尖尖的矛頭就會指向你了！你說一句，她高速回應三十句，其後更會把自己看成受害人。Lucy 一旦把你列作壞蛋，你就沒救了，無論你說什麼、做什麼、怎樣拚命示好，都難以力挽狂瀾。從此，她再不會對你真心展顏。

事實上，Lucy 的笑臉是非常好看的。阿鋒笑時會變回孩子，天真爛漫，一腔權謀消失淨盡;Lucy 笑時也會產生巨大的感染力，她的智慧能量和自信光芒這時才得以真正發放出來：一息之間，你會覺得眼前這個女孩子充滿識見，具哲人風範，說話字字珠璣。如果真的有人能令她開懷大笑，她會變成最有魅力的美女。我喜歡她笑時的眼睛，它們像升上天空的煙花，閃閃發亮，遠遠都看得見。可惜她只在極有安全感的時候才會露出這種色彩繽紛的笑容；平時見她總是一臉凝重。不知怎地，她微曲的頭髮長得特別快，瘦削的臉在髮間透露出崢嶸骨節，大眼睛裏盡是和工作無關的興致和遠象。在某些方面，她很有信心，無論文學舞蹈音樂美術，全都可以教她的眼睛生出火來。她帶着一種無奈的心情來「打工」，覺得自己肯來賺錢過日子已經是對命運的遷就，於是委屈地妥協着，吃力但努力地應付着這份叫許多人羨慕不已的工作。她對自己的崗位心情複雜，一方面戰戰兢兢、營營役役，生怕做錯事，一方面厭惡自己的現實處境，恨不得每天晚上去聽歌劇、看好戲。這種張力形成了她心靈裏一種出師無名的內疚和憤怒。她總覺得上司不喜歡自己，每天的工作遂成為沉重負擔，焦慮二字幾乎寫在額頭上了。我覺得她的用功不在阿鋒之下，但阿鋒所得到的讚許，她自覺從來沒得到過。幸好她心腸不壞，不至於嫉妒阿鋒。相反地，她喜歡聽阿鋒罵人，因為他把她想說的話都說得清清楚楚。如果那天我不是冒險在鏹水淋頭的威脅下到旺角買東西，我永遠不會猜到 Lucy 竟在那兒演着一齣非常「激」的街頭劇。我逛着、逛着，晃動着那大大的電器盒子，突然發現一大堆人在那裏圍觀着什麼，就嘗試把自己塞進去。一個高大得像姚明的男人扭頭看見我這麼矮小，就讓我站到他前面去看。就在那一刻，Lucy 正向着我轉過身來，大家在毫無預警下打了個照面。很明顯，我們倆都嚇了一大跳。我馬上向她笑。Lucy 則在一愕之後馬上回到角色裏，連眼尾都不再看我。我禮貌地把整個劇看完了。第二天，她給我留了一張小紙條，上面寫道：「人人都有隱私，望你尊重。」我看來看去，都想不出自己不尊重她的地方在哪裏。

幾年同事，我們一個一個都變老了。Lucy 顯得格外滄桑，蒼白的臉上平添了許多陰影，嘴巴須要使勁合攏起來的時候，會因為過度用力而微微顫動。開會時總見她垂頭看着文件，用手遮着嘴巴打小呵欠，非必要時不說話。她曾抱怨 Keith 和 Fred 都不喜歡她，若非要養家供樓，她早就辭職不幹。其實，我們誰不是這樣想的呢？只是未曾宣之於口罷了。我知道 Fred 在 Keith 面前為她說了許多好話，至少，說 Fred 不幫她是冤枉的。Lucy 看人看不準，但勝在率真坦白；雖然她和阿鋒一樣，一開口就是尖刀利刃，不會說任何友善的話，不同之處是阿鋒有時會裝作為正義而激動，背後的心思卻周詳細密，無論怎樣「衝動」，每一件事仍計劃得有條有理，上司的吩咐，他一面罵一面百分百遵行，可以說，他內裏有一個匿名的軍師，稱為「冷靜」。Lucy 呢？則是真的容易激動，而她的情緒許多時完全來自阿鋒「每事罵」。Lucy 說話極快，思維跳躍，有阿鋒一類的「快腦」，但阿鋒快得來不越雷池，因此有時缺乏創意；Lucy 卻是什麼都想得出來的，意念之新，每每叫人驚歎。因此，她對同事的誤解也新鮮出位，那樣曲折的情節，除了她，沒有人想得出來。況且 Lucy 從不掩飾個人情緒，有時甚至會大發脾氣，更經常為了逞一時的口舌之快，任性地開罪真心對她的朋友。她也承認此事已經多次發生，明知自己口沒遮攔，卻未能改正過來。她甚至會為個人微小的權利和立場不同的人高聲吵架，氣勢之盛，有時會使對方怒極而笑。她這種大情大性，結合她平日的糊塗敏感、烏龍百出，能夠產生非常意想不到的喜劇效果。我認定她這種格局其實是藝術家的路數，不會暗箭傷人。——可是，世事如棋局局新，怎說得準？

（五）阿蘊

坐在阿鋒旁邊的阿蘊呢，則是個非常「精確」的聰明女人，她開車不倚仗地標，靠的是女性少有的天生方向感。記得她說過自己中學會考時數學得了個優，中文和英語一樣拿甲等。一看見她寫的公函，我們都瞠目結舌：她用的英文字我們連看都沒看過，聽說她考公務員之前曾經下過幾個月死工夫。那麼為何不留在政府部門？阿蘊搖搖頭說，當官沒有隱私，自由太少。

我看着閒雲野鶴瀟灑安靜的阿蘊，只覺羨慕。當阿鋒和 Lucy 七竅生煙的時候，只有阿蘊柔和的勸解才鎮得住。不過，她也很小心地保存他們心裏那一點火，從不撲之滅之，有時甚至暗暗添一點油。我們從來不見阿蘊忙碌，但她的效率卻是一等一的。你以為她尚未開始籌算嗎，其實工作已經完成了。她總是那麼氣定神閒，臉上掛着隱約的微笑，時款的眼鏡下是安靜的短睫單眼皮細長眼睛，皮膚一流，不算白，卻結實細緻，讓她看起來比真實年齡小許多。我最喜歡她的髮型，後面不太長，前面是非常少女的斜劉海，兩側髮腳繞在耳後，露出貼臉的長耳，簡潔而名貴的耳飾有時是緬甸玉，有時是粉紅珍珠，有時只是深灰色的鐵礦珠子一雙。無論是什麼，阿蘊戴起來就是好看。阿蘊的嘴唇圓薄而線條清晰，説起話來好像能夠把文字的形狀也吐出來。比起阿鋒那不絕怨聲的強大洪亮，和 Lucy 喋喋不休的高速緊張，阿蘊講話的聲音有點稀薄，但稀薄有稀薄的好，聽起來反倒像那些中氣不足的 DJ，讓人覺得她的莊嚴正直裏帶着點滴詭異的性感。她講話實在非常動聽，無論速度、語法、發音、節奏……一點瑕疵都沒有，而且每句話説來都胸有成竹，詞語不多不少，邏輯推理清晰而有勁，説服力極強。她一開口，大家就自動安靜下來，洗耳恭聽，因此她聲音再小，大家還是能夠百分百接收。有時我覺得她就像那些最受歡迎的新聞女主播。每次見她微側着頭，一綹直髮從耳朵滑下來，她用手把它輕輕撥回去時，我都非常羨慕：就這麼一個小動作也不自覺地充滿女性的魅惑。要我用兩三個詞形容阿蘊的話，我會選「德高望重，秀外慧中」──「還有，性感迷人」。如果她不是打了幾年工才轉行加入我們公司從頭做起，估計坐上部門主管位置的一定不是曼麗，而是她。換句話說，她大概從來不認為曼麗是誰。匿名信是不是她寫的？我覺得不像。她怎會在乎曼麗所得到的任何東西？誰都知道，阿蘊投資有道，如今家財萬貫；打工也許只是為了消磨時日，也許是為了馬斯勞所說的「自我實踐」。她過的是典型的小資產階級夢想中的生活：一個人去最優雅的餐廳吃一個昂貴精緻的高級下午茶，即是說，拿着有碟子和有腳的茶杯在半島細讀一本好書。

阿蘊當然也有她的祕密。一次我看見她文件堆中放着無國界醫生的捐款信封。又有一次，我發現她在翻看宣明會的《世情》期刊。那說明她正用不多的工資去助養落後地區的兒童。最令我震驚的是那天我在北區一個火車站上碰見她戴着太陽帽在賣旗。當時我一點認不出是她，直到她把籌款黏貼的小旗壓在我的胸口，當時我瞄見她粉紅色的透明指甲油，才把她認出來。匿名，當然也是阿蘊的習慣之一。不過，我一直相信她的隱藏不過來自低調的性格。老實說，阿蘊的生活，正是我最想得到的。她對我說過：你這人做事只知道隨心所欲，沒有紀律，有時放假了，卻又不知道該往哪兒去享受享受—— 全說中了！她使我們這邊的場景變得非常有趣：她的平安閒逸，與 Lucy 的惶恐激情形成了很強烈的對照。如果衝動的 Lucy 尚能按兵不動，我不相信阿蘊會暗中出手。

這頓飯她倆說得特別少。最多話的仍是阿鋒。不過，每逢講到關鍵，阿蘊就會插入一兩句。例如她會問：「為什麼大家覺得寫黑函的就是壞人？寫信的人難道不可以保障自己嗎？如果凡是黑函都不處理，不知道多少人有冤無路訴。」大家聽了，慢慢地一個接一個點頭。阿蘊此言一出，人人都鬆弛下來了—— 如果連阿蘊都認為黑函並非不能寫的—— 甚至是一種權利，一種申冤辯屈的手段，那麼，大家就是被誰懷疑也沒所謂了。原來她是這樣想的。說到底，雖無名分，特立獨行的阿蘊才是我們真正的「主管」呢。

（六）公開信

聽到這裏，我想我們已經猜到黑函是誰的手筆了。我看着阿蘊，估計自己眉頭揚得太高，表情太張揚。阿蘊話雖不多，但這不是已經迂迴地承認了嗎？她還舉例說明：即使是廉政公署也天天接黑函啊，人家不是嚴正處理嗎？於是我又想：如果避世的阿靖不敢寫，萬事訴諸口舌的阿鋒不必寫，不定時噴發情緒的 Lucy

不會冷靜到要寫，那麼阿蘊就是惟一的可能了。況且，阿蘊雖不覬覦曼麗的權位，也可以為民喉舌嘛。我心裏感謝她的坦白誠懇；雖然我沒說出來，這頓飯的後半截，我吃得很輕鬆。

但我又錯了！飯後，我和阿蘊一道走回辦公室，路上還説着公司裏的種種瑣事。走到升降機前，她緩緩停了下來，突然轉向我，用親切而祕密的聲音説：「我私下和阿鋒談過了——他説那封匿名信不是他寫的。」她頓了一下，強調地問：「你認為我應該相信他嗎？」

我沒聽錯吧，阿蘊在問我的意見？我有點手足無措——剛才還以為她已經暗示那信是她寫的呢！這樣説來，下筆的竟是阿鋒了！我的思緒隨着她的話語轉動。真的是阿鋒嗎？阿鋒的確看不起曼麗，這誰都曉得；但我直覺他的驕傲不容許他這樣做……不過，阿蘊的分析力一直比我好，這更是不爭的事實。升降機裏，我動搖了，開始考慮阿鋒因着極端的輕蔑和不忿，寫了這封無名的信。一旦進入這種思考框架，阿鋒突然變得陌生了。

沒多久，另一部門和藹的上司親自走過來找我，私下問我阿鋒和匿名信是否有關。原來那邊覺得他是塊好料子，想擢升他，卻怕他是隨便發黑函的那種人。此刻我忽然想起了阿蘊認真的「問題」，只能夠憑良心説了這樣的話：

「對不起，我真的不知道。」但這話無疑就是說我懷疑他。我不想為這次的擢升負責——如果有任何閃失的話。我自私。為此，那邊的主任皺眉猶豫了。他們的哲學是疑人不用。最後他們從外面另聘高明，結果來了個講英語和普通話的美國著名大學MBA，阿鋒夢寐以求的工作崗位因為我的膽小而泡了湯。

雖然引起種種好奇和不快，匿名信事件最後還是不了了之，漸漸再沒有人提起了。

好一段日子，曼麗仍在其位，大夥兒依舊生氣，繼續瞧不起她，更痛恨 Fred 和 Keith，覺得他們身為上司，竟然完全不理會那封密函的內容，只去追尋寫信的是誰，大家都認為他倆不負責任。人人都傳說，寫信人身分雖然神祕，但是信上內容千真萬確——漸漸，怒氣轉移到兩位高層身上去了，每天吃飯的時候，大家都在擔憂事業前景。Lucy 和阿鋒繼續宣稱此處待不下去，阿蘊還是一副完全沒所謂的樣子，而阿靖則愈來愈沉默，睡着的時間也愈來愈多了。

一天，組裏就發生了和「匿名信」事件大相逕庭的戲劇，那就是震驚整個公司的「公開信」事件。那天，我們的組會鬧得很不愉快，因為曼麗表面上仍未受到處分。大家對再上一層的 Fred 都怨聲載道。工作會議最後變成了聲討大會，場面開始難以控制。本來說過會出席的 Keith 始終沒來，Fred 一個人被阿鋒、阿蘊和 Lucy 三人質問、責備……沒完沒了。阿靖呢，這一次嚇得連呵欠都不敢打，遑論睡覺了。會議拖拉到天色盡黑才完結。這邊疲乏得像一堆回收廢紙的 Fred 終能宣布散會，那邊阿蘊就直直地站起來高聲說：「我寫了一封公開信給你，現在就要讀給大家聽。」事出突然，除了阿蘊，似乎人人都不知道原因何在。我在想：這個真的是阿蘊嗎？她說完這話，就用廣東話的發音、現代漢語的語調把信朗讀出來了，連「的」、「了」、「嗎」等語氣詞都讀得清清楚楚。信的內容沒什麼新意，只不過說了幾件大家都聽到開始厭煩的事：繼續控告曼麗文過飾非，投訴 Fred 對她維護包庇等等。阿蘊的朗讀清晰有力，速度平均，讀了很久；中間還引用了曹植〈贈白馬王彪〉中「鴟梟鳴衡軛，豺狼當路衢」的詩句來描述曼麗掌權之黑暗。我隔着幾個人的側臉悄悄觀察 Fred 和曼麗的反應。曼麗的臉黑得像煤，這不用說，但她顯然習慣了，眼睛裏的水光終究沒形成淚水。至於 Fred 呢？真費解，他一點難堪的容色都沒有，只有疲態。更難得的是阿蘊，她板起臉孔唸她的公開信，完了還加了一句平和的「我讀完了」，然後拿起茶杯緩步離開，半高跟鞋的皮底清脆利落地敲打着靜寂的空間。

偌大的會議室靜了幾秒鐘，然後出現「雞飛狗走」的場面，不足一瞬，就只剩下我們兩三個人陪着落寞的 Fred 收拾文件。我第一次為此事感到強烈的不安與不平。鴟梟鳴衡軛，豺狼當路衢？言重了吧？曼麗手上還有幾百萬的大客戶，位處中層的 Fred

又可以拿她怎樣呢？真沒想到阿蘊會這樣直接，這對 Fred 無疑有點不公平了。

更意外的是，事件的主角曼麗不久就安靜地離了職（聽說她後來頗為流離，工作都做不長），阿蘊也滿不在乎地改了行，拿低薪到一個慈善團體去做行政。阿鋒因為成績實在好，果然在另一部門升了職，Lucy 更是有趣，她去當演員了！最近公演的那一齣非常賣座的原創舞台劇，她更是編劇呢。公司的張力日漸瀉去。我們幾個留在原處的，包括口裏重複揚言要離開的人，卻一直緊守崗位。

時間確是萬溶液，溶掉了匿名信那難以躲閃的暗箭，也溶掉了公開信那引火自焚的明槍。但匿名者要隱匿的東西，一旦曝光，殺傷力仍必然很大，因為這隱藏的名字要指向的，已不只是曼麗的不足，也是寫信人（無論公開還是隱匿）的殘酷，雖然我從不知道這人是誰；我覺得自己即使知道了，也害怕去肯定。

Fred 退休了。他走之前的一星期突然請我吃下午茶。我藉機把自己新出版的小說集送給他。他說：「你是『作』家，專門『作』故事的，你來告訴我，你是否已經猜出那個寫匿名信的人是誰？」我回答道：「不，一直沒猜到。」

Fred 有點可惜的樣子。我沒說謊，我真的想不出是誰。他把法蘭西多士細細切開，一小片再一小片地放進那過大的嘴裏，發出含糊的話：「我來告訴你吧，其實我的猜想是這樣的。我們公司根本從來就沒有匿名信，那只是創作出來的一件事。」我驚訝得抬起眉毛看着他。當我是三歲小孩子嗎？我問：「你怎麼這樣說？你有證據嗎？」Fred 搖搖頭，「沒有，」他說：「我的根據就是我一直沒看過那封信。」

故事到此結束。如今，我做事已經很久，人成熟了，回想起來，愈來愈同意當年 Fred 這個看法。我也開始懷疑匿名信是否 Keith 或更高級的 Daniel 或更更高級的 Loretta（董事長）創作出來的東西。如果 Daniel 相信了 Loretta，而 Keith 又相信了 Daniel，三個高層聲言一張 A4 紙真實存在，Fred 又怎可能不相信它呢？ Fred 相信了，曼麗又怎能不悔改呢？如果連曼麗這個當事人都相信了，我們幾個又怎敢不信呢？我們彼此懷疑的話，上頭就成功了。那頓下午茶實在非常有趣。

記得當時 Fred 又問我：「現在，你還相信有匿名信嗎？」我胡亂說：「我信，我怎敢不信，嘿，那說不定是你寫的。」Fred 聽了哈哈大笑起來，拍拍我的肩頭，讚許我：「我果然有眼光！我就等着你這句話——出來工作，要相信所有事都可能發生，但絕不可相信任何人。哈哈，你終於明白了，現在，我放心把我的主管位置傳給你了。」我受寵若驚，整個人跳了起來，連桌子都差點推翻了。

夢又一次醒了，枕頭上頭頂上同樣濕了幾片，盡是冷汗。我努力摔摔頭，回到現實裏——現實是我們全部都已經離開公司許多年月了，那一大堆象徵着某個人某個側面的平凡名字，早已散落人海中，從掌管日常運作的記憶區消失淨盡，而公司也早就更換了字號（不知該叫做上了市，還是倒閉了），而我在天亮之後要到另一個辦公室工作，而且又已經上班多年了。

一切弄清楚之後，趁着睡魔徘徊，我翻轉了枕頭，把臉放在乾爽的一面上，努力回到睡夢中，尋找答應升我為主管的 Fred。